Rovdjuret på Kroppefjäll

Av Dennis Ljungqvist

ISBN 978-91-7785-970-3

Copyright © Dennis Ljungqvist

Förlag: BoD – Books on Demand, Stockholm Sverige

Tryck: BoD – Books on Demand, Nordstedts, Tyskland

Omslagsillustration: Alessia Brusco skogens-rymd.webnode.com

www.bod.se
www.aventyriblodet.se

Stort tack till:

Anders, Daniel och min mor Irene för hjälp med korrekturläsning

Hans för tips och råd

Omslagsillustratören Alessia för hennes tilltro och hjälp med boken.

Rovdjuret på Kroppefjäll

Del 1

Kapitel 1

Gustav ryckte till och satte sig upp i sängen. Väckarklockans gälla signal ekade i rummet. Gustav slog av larmet och vred sig bort till sängkanten. Det var nästan helt svart i rummet. Han tände lampan som stod på sängbordet. Cesar flög upp ur sin bädd nedanför sängen och gick ivrigt fram och la huvudet på sin husses knä. Hundens bruna ögonen glittrade i skenet av lampan. Gustav klappade Cesar på huvudet. Trotts att klockan var tjugo i sex på morgonen så kvicknade Gustav till fort. Det var sista jaktdagen för säsongen och de hade en älgkalv kvar att fälla. Han reste sig och gick säkert igenom den lilla lägenheten ända bort till badrummet. Cesar den nu fem år gamla jämthunden följde efter sin husse ända till dörren. Han visste vad det var för dag. Efter sitt toalett besök gick Gustav till köket. Först matade han Cesar sedan tog han sig en macka själv. Han visste att de skulle få gå långt idag. Både han och Cesar. Han gjorde i ordning några mackor till som han la i sin trepunktsväska tillsammans med en termos med kaffe, en flaska vatten och lite hundgodis. Cesar slängde som vanligt i sig maten och gick sedan och försökte tigga lite mer mat av husse. Gustav klappade hunden över nacken. Den grå pälsen kändes mjuk mellan fingrarna. Han hade hämtat Cesar när hunden bara varit åtta veckor gammal. Öronen som i dag stod som två spjut på huvudet på hunden hade hängt ned längs sidorna och tassarna hade varit förstora för resten av kroppen. Efter frukosten gick Gustav genom den lilla hallen i tvåan där han bodde till vardagsrummet där han hade lagt ut resten av sin packning dagen innan. Hundförarväskan var redo och klar med pejlen hängandes i handtaget. En väska till med lite bra att ha prylar så som jaktradio och hörselskydd samt lite extra kläder stod intill. Han bar ut grejerna i hallen och låste upp vapenskåpet som stod i en garderob. Gustav lyfte ut sin studsare av märket Merkel och la den i vapenfodralet. Sen packade han med sig ammunition, licenser och jaktkortet. Cesar stod redan vid dörren. På med jackan och kängorna sen på med kopplet på hunden. Han fick på något konstigt sätt med sig allt ut genom dörren och låste efter sig. De båda gick ned för trappan och ut genom hyreshusdörren. Cesar hoppade vigt upp i flaket på pickupen när Gustav öppnade porten för honom. Han körde en Ford Ranger som hade några år på nacken. Men istället för en vanlig kåpa för flaket så hade Gustav skaffat sig en försedd med speciella hundburar. Under själva hundburarna kunde han skicka in resten av utrustningen. Trots att det var i slutet av februari så var det plusgrader och han slapp skrapa rutorna på bilen. Sedan körde han ut ur Munkedal och tog vägen mot Färgelanda.

Strax innan han kom fram till det lilla kvarnhuset som låg vid vägen när den mötte Valboån tog han av åt vänster. Han lyssnade på metall och just nu skrålade Judas Priests gamla dänga "Breaking the law" ut genom högtalarna. Gustav brukade i gymnasieåldern mestadels lyssna på hårdrock men nu som tjugotre år ung såg han sig mer som en allätare. Utan givetvis hipp hopp och annat dravel. Snart svängde han av asfaltsvägen och in på grusvägen som ledde in till föräldrarnas gård. När han närmade sig såg han att det redan samlats några bilar och att det var tänt i ladan. "Skönt, vi blir ändå några i dag" tänkte han för sig själv när han svängde in och parkerade. Han tog ut Cesar och fäste pejlen på honom. Han stoppade handenheten i fickan och gick in i ladan till de andra. Han fick gå på sidan förbi traktorn men kom sen in till en större öppen yta där fyra män stod och pekade på en karta över området. Ett flertal pass var utmärkta med nummer i långa linjer längsmed markgränserna. Männen såg upp mot Gustav när han och Cesar närmade sig.

"Är han taggad idag?" frågade Leif. Leif Eriksson var femtiosex år och var normal lång med råttfärgat hår. Inte kraftig och inte smal. Ungefär som Gustav fast en trettiotre år äldre version. Sådan fader sådan son brukade mamma Lena säga. Där i ladan var även Johan, Gustavs storebror. Stig Karlsson från granngården var där med sin son Rikard. Gustav och Rikard hade växt upp ihop och alltid lekt i skogen mellan gårdarna. Det skilde bara några år emellan dem. Rikard var den äldre men något kortare än Gustav och rödlätt. Han skelade något på vänsterögat.

"Lika taggad som vanligt" svarade Gustav. "Finns det någon älg då?" Johan och Rikard skrattade lite. Leif tog av sig sin röda keps och satte armarna i sidan. "Jo, vi tror det" svarade han. "Vi såg en ko och kalv här i torsdags. Ute på gärdet." Han pekade i nordostlig riktning. "Vi tänkte att vi skulle söka av Flogkullen och sedan fortsätta bort mot storskogen. Orkar du det?" Frågan var ironisk. Gustav var en van hundförare och vandrare trots sin unga ålder.

"Orkar jag inte så tar jag mig en tupplur mellan djupsjön och dungen så får du vänta tills jag vaknat" svarade Gustav. Stig skrattade lite och svarade sedan.

"Ja, gör du det. Själv väntar jag på Cesar och älgen." De andra skrattade också. De väntade in de andra i laget och det blev inte mindre än nio passkyttar och Gustav som skulle gå med Cesar. Passen delades ut och alla gav sig iväg.

"Varsågod och släpp" sa Leif över radion. Gustav pekade i riktningen hunden skulle söka samtidigt som han tog av kopplet från hunden.

"Sök" sa han. Cesar rusade upp för en liten kulle och fortsatte framåt.

"Hunden är släppt" meddelade Gustav ut i radion. Sedan började han följa efter hunden. Han lyfte ned geväret från axel. Dess tyngd kändes bra i handen. Det var en studsare i kaliber 9,3x62 av märket Merkel. Det var världens snabbaste straight pull och han hade ett kikarsikte av märket Swarovski monterat på geväret. Det var ett dyrt ekipage men Gustav hade unnat sig lite extra efter en bra affär. När han var i femtonårsåldern hade han besökt sin farfar, Eskil. Av någon anledning berättade Eskil för Gustav att om han någon gång skulle få välja av nåt som fanns i farfars hem så skulle han inte välja bilen eller jaktgeväret. Han skulle välja skålen som stod i det stora vitrinskåpet i vardagsrummet. Gustav hade undrat varför han skulle göra det när ett gevär eller en bil var mycket roligare. Då hade farfar Eskil bara svarat att Gustav skulle kunna köpa både bil och vapen för pengarna han kunde få för skålen. Två år senare så dog farfar Eskil och i hans testamente stod det att alla hans barnbarn skulle få välja något de ville han. Gustavs bror Johan hade valt älgstudsaren och Gustavs syster Anna valde givetvis bilen. En BMW 530 som visserligen var närmare 10 år gammal men utan fel. Gustav valde skålen. En lite större skål med en stor röd drake med fem klor. Alla skrattade och undrade om han inte var korkad. Leif hade föreslagit att Gustav kunde ta farfars hagelgevär. Gustav var sjutton så Leif erbjöd sig att stå för licensen tills Gustav fyllde arton. "Nej" sa Gustav och tog skålen. Ingen förstod något. Han tog med sig skålen ut till Lysekil en sommardag när tv programmet antikrundan var där och spelade in. Tydligen hade den tillhört någon Kinesisk kejsare från sjuttonhundratalet och var värd någonstans mellan etthundrafemtiotusen och tvåhundratusen kronor. Leif hjälpte Gustav att få skålen till Bukowskis i Stockholm och där gick den för hela tvåhundratjugofemtusen kronor. Det första han köpte för pengarna var Cesar. Sen när han fyllde arton så blev det både gevär och bil för pengarna. Ändå var det pengar över som han satte in på sparkontot. Hela historien blev synonymt i familjen som "Skålen" och när någon gjorde något oväntat användes ofta uttrycket "Det kanske är din Kinesiska skål" eller liknande.

Gustav tittade på pejlen. Cesar hade sökt av bra och var nu femhundrafemtio meter framför honom. Hunden hade redan sökt av de två första kullarna i ett cirkulärt mönster. Gustav rapporterade hur långt hunden hade rört sig ut över radion. Han fortsatte och gick in mellan kullarna och igenom en liten myrmark. Han kom snart upp på andra kullen och tittade på pejlen igen. Cesar var på väg tillbaka mot honom och snart syntes hunden längre ned genom granskogen. Så fort hunden märkt av husse vände den och sprang vidare mot nästa kulle som var storkullen. En telemast hade rests på kullen för cirka fem år sedan som syntes högst upp på toppen när Gustav iakttog Cesar springa upp över kullen.

Cesar följde en hyfsat nyröjd skogsväg som hade använts när masten byggdes. Han vek av från vägen innan toppen. En doft kom över honom. En doft han kände väl till. Älg. Han följde spåret som ledde upp runt toppen. Där uppe var berget kalt med några undantag av ljung i bergsskrevorna och en och annan enebuske. Sedan gick det ned på andra sidan berget igenom en hög tallskog och igenom en tätning efter ett gammalt hygge. Doften blev starkare och starkare. Cesar kände variationer i älgvittringen och förstod att han följde två djur. Han kom ned till en lite bredare myr som det verkade som om älgen gått över så Cesar hängde på. En konstig stark doft träffade Cesar när han kommit halvvägs ut på myren. Den kändes frän och främmande. Han fick en obehagskänsla men följde efter älgen ändå. Nästan över till andra sida fick han syn på något som kom rakt emot honom. En svart skugga med gula ögon. Den såg nästan ut som Cesar själv men var mycket större och helt kolsvart. Doften den utgav var stark. De mötes nos mot nos. Vargen morrade. Ögonen smalnade och öronen fälldes bakåt. Vargen anföll och de slogs mot varandra ute i vätan på myren.

Gustav följde efter hunden. När han nästan var uppe vid masten tittade han på pejlen. Strecket som visade hur Cesar rört på sig gick inte längre i cirklar utan följde en lite krum rak linje. Gustav visste precis vad det betydde. Hunden hade fått upp spår. Han såg att Cesar nästan var ända nere vid Stormossen. Gustav blev upprymd och tog ett djupt andetag samtidigt som en kall vind svepte in mellan träden runt honom. Där nere ställde sig gärna älgarna eller på topparna intill. Det fanns dessutom passkyttar i nästan alla riktningar där i från.

"Cesar har fått upp spår vid masten och verkar vara på väg ned åt Stormossen" sa Gustav ut på radion. "Så var vaksamma så kommer det nog snart ut något." Inget svar kom på radion. Gustav gick rakt upp förbi masten och ner på hundens spår nere i den höga tallskogen. Han såg älgspår. Små och stora. Han ropade ut på radion"Jag är framme vid spåren och det verkar vara ko med kalv." Efter det tittade han på pejlen igen. Cesar hade börjat röra sig runt ute på mossen. Mönstret såg konstigt ut. Det var alldeles för brett för att vara ståndarbete på älg.

"Kan det vara gris" tänkte Gustav för sig själv. "Då borde jag höra skall nu" Det var ovanligt med vildsvin på deras marker men ibland hände det att någon ensam galt passerade. Han kupade handen vid örat för att höra bättre. Han hörde ett gnisslande ljud. Han började springa ned för berget och stannade och lyssnade lite längre fram. Cesar slogs med något. Det morrade och tjöt nere ifrån mossen. Tanken slog Gustav hårt. "Varg." Han sprang vidare och skrek efter hunden. Han närmade sig tätningen vid det gamla hygget. Nu hördes striden tydligt. Gustav fick panik. Han mantlade i ett skott i bössan och sköt ned i marken strax intill. Han mantlade i ett till och fortsatte springa. Ångesten föll över Gustav och han kände hur händerna började skaka. Han ropade på hunden. Stridslarmet hade slutat. Gustav ropade ut på radion att han trodde att hunden var vargangripen nere på mossen. Han sprang in i tätningen. Han skrek efter hunden hela vägen och hoppades på att Cesar skulle dyka upp framför honom. Gustav kom fram till mossen. Det första han såg var en svart gestalt på andra sidan mossen. Vargen vred huvudet och trots det långa avståndet såg Gustav de gula ögonen. Han höjde geväret, händerna slutade skaka men vargen var redan inne i snåret på andra sidan. Han svepte med blicken över myren och fick syn på Cesar. Han sprang ut i mossan. Gråten satt fast i halsen. Hunden var alldeles blodig och när han kom fram så sjönk han ned på knä vid hundens sida. Halsen och buken var uppslitna. Vargen hade till och med hunnit att sätta i sig lite av Cesar innan han get sig iväg. Tårarna strömmade ut över kinderna på Gustav och han började hulka. Han satt där med den döda hundens huvud i knät. Han såg lite svart päls i mungipan på Cesar. Cesar som inte bara var hans hund utan även hans bästa vän. I fem år hade de varit oskiljaktiga. Cesar hade varit med honom till jobbet så fort han hade börjat arbeta och varit med vid flytten till lägenheten i Munkedal. Det hade bara varit dom två. Inga tjejer och bara några få vänner och Cesar.

"Hur går det?" Leif ropade ut på radion.

"Hur fan tror du att det går?" skrek Gustav. "Vargjäveln har dödat honom. Det var en stor svart fan. Skjut den om den kommer." Det blev tyst på radion. Några sekunder gick innan Leif fick upp modet och svarade. Han visste hur viktig hunden var för sonen.

"Vi kommer!" sa Leif. "Jag ringer länsstyrelsen så får de skicka ut en av sina så att du får ut något på försäkringen." Gustav brydde sig inte om några jävla pengar. Det var ju hans vän som låg där död i armarna på honom. Han kände sig tom.

Garm trampade vidare igenom skogen. Han hörde människor längre fram och vek av in i en tätning. Han hade ont i skuldran. Den där lilla skiten hade lyckats bita honom men han hade varit med om värre. Han sprang vidare mot norr och strax innan det mörknade passerade han den stora vägen strax söder om Färgelanda. Han sprang vidare upp mot Kroppefjäll där han hade sitt hem. Uppe på fjället tog han vägen norr ut igen. Till sist kom han ut till den lilla höjden mitt emellan tre myrmarker där han och flocken etablerat sig. När han närmade sig resten av flocken var det alldeles mörkt. Innan han gett sig ifrån de andra vargarna hade han känt en känsla av de vida vidderna som han kommit från. Han hade behövt sträcka på benen. Att hundskrället haft mage att visa sig på Garms revir fick han stå sitt egna kast för. Men Garm hade ingenting emot den lilla mängd kött han hunnit sätta i sig. Jädra tvåbenting som stört honom. Irja mötte honom när han närmade sig deras håla. Hon var dräktig. Den ljusgråa honan hälsade honom välkommen nos mot nos. Hon slickade på såret på hans skuldra. Flocken bestod av fem vargar. Irja och Garm som var alfa paret samt tre av deras senaste ungar. De var redan två år gamla och duktiga jägare. Två tikar och en hanne. De var alla mörkgråa med vit under hakan ned till buken och på insidan benen. Men snart skulle de få tillökning. Garm var trött efter den långa vandringen och han gick genast och la sig.

Kapitel 2

Vanessa la på skänkeln och hästen skiftade direkt till passage. Publiken applåderade lagom mycket. När Pereen närmade sig paddock staketet skiftade hon till trav. När de kom fram till hörnet vände hon den stora svarta valacken och fortsatte in mot mitten. Vanessa satt rak i ryggen när hon ställde upp Pereen mitt i paddocken med blicken fäst på domarna. Snabbt och snärtigt nickade Vanessa samtidigt som hon höll ut handen snett nedåt i en hälsning till domarna. När hon skrittade ut ur paddocken såg hon Erik stå och tala i telefon. Det var hennes telefon, Iphonen med det glittriga skalet. Han hade tagit fram ett anteckningsblock och en penna. Han skrev ned något och nickade. Det syntes att han avslutade samtalet med ett skämt. Vanessa tänkte genast att det måste vara Ulrika på kontoret. Hon satt av. Publiken idag bestod mest av anhöriga till de tävlande och tävlande själva. De var på deras egen hemma plan på en ridskolan utanför Vänersborg. Hon väntade på resultatet. Sjuttiotvå procent. Hon tävlade i medelsvår A dressyr. Hon hade ridit så länge hon kunde minnas och lärt sig av några av de bästa hemma i Stockholm. Det var innan hon flyttade hit ut till Vänersborg där hon hade fått jobb av länsstyrelsen med inventering och bevakande av rovdjursstammarna i regionen. Hon var nöjd med resultatet. Sjuttiotvå procent var bra. Vanessa och Pereen hade haft lite svårigheter under vintern. En hälta hade skjutit upp träningen några veckor. Hon ledde bort hästen från tävlingsbanan. Erik kom gåendes samtidigt som hon tog av sig hjälmen. Hennes långa blonda hår var uppsatt i en hård knuta i nacken. Erik tänkte att hon var lika vacker som dagen de träffades. Tolv år hade gått sedan den där kvällen vid studentkåren i Uppsala. Hon såg mot honom. Hennes egna långa vältränade advokat med perfekt hak parti. Hans nästan svarta hår var lika perfekt som det alltid var.

"Var det Ulrika som ringde?" frågade Vanessa. Erik nickade till svar.

"Det var en bra runda du körde" sa han. "Kan nog bli pris med den procentsatsen."

"Tack!" sa Vanessa. "Vad ville hon?" Han skruvade lite på sig.

"Jo, det var någon kille mellan Färgelanda och Munkedal som blev av med sin hund idag" svarade han. "De säger att det var varg och hon vill att du ska åka dit och

13

bedöma det hela."

"Nåt mer?" sa Vanessa. Hon sjönk ihop lite av nyheten. Detta innebar att hon skulle bli tvungen att åka tidigare ifrån stallet och köra hela vägen bort till obygden. På en söndag dessutom. Att tala med folk som blivit av med sina djur var alltid jobbigt. Hon hade gett sig in i den här branschen för att hon gillade djur och att då stå som utredare framför ledsna offer som blivit av med sina vänner var inte hennes favorit uppgift.

"Jo, de sa att de hade sett vargen" svarade han. "En stor svart varg."

"Garm strikes again" hon suckade och rättade till sadeln. Hon kände väl till vargen. Alfahannen från Kroppefjäll. Han hade dödat minst sex hundar som de kunde fastställa att det var han. Det var ovanligt med helsvarta vargar i Sverige men de trodde att han vandrat in via Norge från Ryssland. Han hade etablerat sig på Kroppefjäll strax efter att den föra varghannen skjutits på licensjakt för drygt fyra år sedan. En slug varg som de bara sett några få gånger. De hade försökt sätta en pejl på honom men hade aldrig kommit till skott. En riktig överlevare.

"Jag får stanna tills prisutdelningen eller tills vi vet att jag inte har placerat mig" sa hon till Erik.

Efter en timme var det klart. Vanessa och Pereen fick en andra plats och red sitt ärevarv. Därefter lämnade hon över tyglarna till Erik och gick och skiftade kläder innan hon hoppade i bilen.

Gustav satt inne vid föräldrarnas köksbord. Johan hade lämnat dem för en timme sedan och gått upp till myren där Cesar låg. Fem timmar hade gått sedan de ringt länsstyrelsen men ännu hade ingen utredare visat sig. Gustav var blöt in till märgen när de kom in från skogen. Han hade suttit i mossen med vatten upp till midjan när Leif kommit fram till myren. Mamma Lena hade rotat fram lite torra kläder till honom. Han hade frusit så mycket att han skakade när han satt sig vid bords. Rikard Karlsson, Gustavs vän, hade tagit första vaktpasset uppe vid hunden. Länstyrelsen hade begärt att de inte skulle röra mer än nödvändigt vid överfallsplatsen. Familjen hade ätit ihop. Pannbiffar med lök och lingon. Ingen av dem hade ätit så mycket som de brukar. Gustav hade bara petat i maten. Köket var inte renoverat sedan åttiotalet och möblerna var i furu. Lena ställde sig vid spisen och såg på köksklockan som hängde på väggen mitt emot.

"Jag får nog åka" sa hon. "Mitt pass börjar snart." Klockan var tjugo över tre och hon började jobba klockan fyra. Hon arbetade på lasarettet i Uddevalla som sjuksköterska trots att det var söndag. Hon hade jour på akutmottagningen. Lena var lite kortare än de andra i familjen och hade halvlångt hår som var klippt med lugg. Nu var hon lite ljusare än vad Gustav men i hennes ungdom hade hon varit platina blond.

"Jo, du får nog börja tänka på det, Lena" sa Leif. "Vi klarar oss nog ändå skall du se. Du slutar klockan tolv va?" Han frågade mer som ett sätt att föra konversationen vidare. Han visste redan svaret.

"Larva dig inte nu!" fräste Lena. "Du vet att jag slutar klockan tolv." Hon gick ut i hallen och började ta på sig ytterkläder. Gustav satt stilla och tittade ut genom fönstret. Det vette ut mot gårdsplan och man såg längsmed grusvägen som ledde in till gården. En bil syntes längre bort. En svart BMW suv. Han suckade högt. Leif såg på sin son som genast pekade ut mot fönstret.

"Ja, då var det dags då" sa Leif. De reste på sig och gick ut i hallen och tog på sig ytterkläder. Jackor, mössor och handskar. De båda tog på sig stövlar. De visste ju att de skulle ut i mossen igen.

Lena var klar först och gick ut före de andra. När hon kom ut till gårdsplanen mötte hon den svarta BMWn som parkerade intill ladugården. Ut klev en lång blond kvinna i vad Lena uppskattade till trettiofemårsåldern. Kvinnan såg bra ut. Riktigt bra, tänkte Lena.

"Hej, är det här" började Vanessa men blev genast avbruten.

"Ja, det är det" svarade Lena. "De är på väg ut men jag skall till jobbet." Lena stegade förbi kvinnan bort till sin röda gamla Volvo. Hon öppnade dörren och slängde in sin väska i passagerarsätet. "Jag förstår inte varför vi ska ha en massa köttätande monster springandes runt knuten för. De borde skjutas av." Hennes blick var arg och riktad mot Vanessa. Vanessa valde att inte svara medans Lena tog sig in i bilen och slog igen dörren. Hon vände sig om mot huset igen. Två män var på väg mot henne. En kille i tjugo till tjugofemårsåldern och en herre som var drygt femtio. Det var bara åldern som skilde dem åt annars var de lika som bär. Dessutom såg de båda ut som om de sålt smöret och tappat pengarna. Vanessa gillade inte dessa besöken. Det var inte ovanligt att folk tog ut sin frustrationer över henne. Ingen hade någonsin blivit handgriplig emot henne men på något sett fick hon skulden för vad som hänt.

Gustav och Leif gick fram till kvinnan på gårdsplanen. En lång ganska snygg blond tjej. Hon hade en pärm i ena handen och en systemkamera hängandes över axeln. Hon var klädd i en fin höstgul fjällräven jacka och håret var uppsatt i en hästsvans. Lena startade bilen och körde ut ifrån gården. Kvinnan räckte fram handen mot Gustav.

"Vanessa Sterling" presenterade hon sig som.

"Gustav Eriksson" svarade Gustav. Sedan hälsade hon på Leif.

"Till och börja med så får jag beklaga sorgen" sa hon. "Det är alltid tråkigt när det blir fel i skogen. Oavsett om det är trafiken, varg eller något annat som händer."

"Tråkigt är det minsta man kan kalla det" fräste Gustav.

"Lugn nu, Gustav! Det är inte hennes fel att vargen tog Cesar" sa Leif. Gustav lugnade sig något.

"Jag får be om ursäkt att jag blev lite sen" sa Vanessa. "Jag kunde inte släppa det jag hade framför mig när det ringde och sen så körde jag lite vilse innan jag hittade hit. GPSen ville att jag skulle fortsätta mot Munkedal."

"Att man inte hittar hit hör inte till ovanligheterna" svarade Leif. "Hur går det här till nu då?"

"Jo, jag har några frågor sedan går vi till fyndplatsen så att jag får undersöka den och sen tar vi lite praktiskt efter det" sa hon. "Typ kontonummer för ersättningen och en dödförklaring som ni kan skicka vidare till ert försäkringsbolag." De båda nickade.

"Är det långt att gå?"

"Det tar väl en kvart kanske men du får nog ha stövlar på dig" svarade Leif. Under tiden de gick upp till myren ställde Vanessa några frågor. Ingenting märkvärdigt men lite om hunden och vem som funnit den. Gustav berättade om vargen han sett och hur det gått till. När de kom fram till Stormossen såg de Johan längre bort. Han var vid sidan av myren ungefär där Gustav stått när han sett vargen. De gick honom till mötes och Johan och Vanessa hälsade på varandra. När de kom ända fram till där Gustav sett vargen stannade de och gick igenom händelseförloppet. Han pekade upp mot kullen och förklarade att han sett att Cesar rört sig på ett ovanligt sätt på pejlen och att han hört striden. Han berättade att han skjutit ett varningsskott och hoppats på att det skulle skrämma bort vargen. Sedan berättade han om hur han såg vargen slinka in i tätningen på andra sidan mossen. Han pekade med hela handen. Sedan vände han blicken mot Cesar.

"Sedan såg jag honom där borta" sa Gustav. Han var nära att brista ut i gråt igen. "Jag sprang bort och satte mig vid hunden. Jag lyfte honom för att kolla honom men det var kört. Ursäkta mig ifall jag förstört brottsplatsen." Han började gråta igen. Johan satte handen vid näsan och vände sig om och såg ut över myren. Leif la handen på Gustavs axel.

"Jag tror inte att de betyder så mycket med den informationen jag redan har" sa Vanessa. " Du behöver inte gå med ut till hunden ifall du inte känner att du klarar av det." Gustav drog handen över ansiktet och torkade bort tårarna. "Du kanske vill gå med ut?" Han nickade och de alla gick ut till Cesar som låg ute på myren. Vanessa började undersöka fyndplatsen direkt de kom ut. Hon kollade på spåren runt om kring. Hon antecknade hela tiden i sin pärm. Sedan kollade hon på hunden. Hon inspekterade bitmärkena i halsen och i buken. Hon kollade munnen på hunden och plockade ut en tofs med svart päls. Hon höll upp den mot de tre männen.

"Verkar som att han fick in en bra träff själv" sa hon innan hon stoppade ned tofsen i en plastpåse. "Med den här pälsbiten så kan jag göra en DNA analys så kan vi få fram vilken individ det var. Jag kommer att skriva detta som ett vargangrepp. Spåren runt om och skadorna visar inget tvivel på att det var varg." Männen nickade igen. Gustav harklade sig lite medans kvinnan tog upp kameran och började fota av platsen och hunden. Hon slutade att fotografera.

"Öh, när kan vi ta med oss hunden?" sa Gustav. Hon förstod att hon varit okänslig igen.

"Jo, jag måste bara ta några kort för bevisningen sen är det fritt fram att ta hunden" sa hon. Hon tog några kort till. Så nickade hon mot dem att de kunde ta med hunden. Innan de lyfte Cesar så kom hon på sig själv. "Vänta!" De stannade där de var. Hon gick fram till hunden igen och tog upp en chippläsare ur fickan. Hon drog den över nacken på hunden och snart pep det till.

"Varsågoda" sa hon till dem. Johan tittade på Gustav och suckade. Han nickade lite mot kvinnan som var i full fart med att skriva av numret på mackapären på ett av sina formulär.

När de kom ner till gården igen lämnade Johan dem och tog bilen hem mot Munkedal. Leif bjöd in Vanessa till köket på en kopp kaffe. Det syntes att hon var frusen där hon stod med sin pärm och penna. Hunden hade de lagt i en skottkärra och rullat in i ladan. De skulle begrava Cesar imorgon. Alla utan Gustav lämnade ladan. Vanessa och Leif gick mot huset. Gustav stannade ett ögonblick. Han slöt ögonen och klappade Cesar på huvudet. Han lät handen gå ned längsmed nacken och ryggen. Det var hans hund men något stämde inte. Pälsen var varm men ingen värme kom från kroppen. Inte heller kände han de små rörelserna. Andningen och pulsen var borta. Han tog bort handen och knöt den hårt. Han blundade så hårt han kunde och vände sig om. En tår rann ned för kinden. Han gick efter de andra in i huset och torkade bort tåren medans han gick över gårdsplanen. Solen hade gått ned men det var fortfarande lite ljus kvar. Det var kallare nu och luften stack i ansiktet. Himlen var mörkblå med endast ett par moln vid den annars röda horisonten. När Gustav kom in i köket satt redan Vanessa vid bordet. Leif stod och plockade ned några koppar. Det bekanta sorlande ljudet från perkolatorn steg ifrån köksbänken. Gustav satte sig på kökssoffan mitt emot Vanessa. Hon var i full fart med att fylla i några formulär. Hon tittade upp på Gustav och tog fram ett papper.

"Fyll i det" sa hon. Hon la pappret framför honom på bordet. Han satt med ihop sjunkna axlar och såg på pappret. "Anmälan om skadat/dödat tamdjur av rovdjur" En penna dök upp mellan honom och pappret. Han vände på huvudet. Leif höll i pennan. "Du får fylla i blanketten" sa han. Gustav suckade och tog emot pennan. Han stirrade på pappret lite till innan han började fylla i det. När han fyllt i hela blanketten och signerat den med namn och datum stacks en ny blankett in under näsan på honom. "Rovdjursobservation" stod det högst upp på pappret. Han fyllde i den efter bästa förmåga och överräckte den sedan till Vanessa.

"Jag kommer att börja handlägga ärendet så fort jag får tid" sa Vanessa. "Du borde ha pengarna från oss inom en vecka. Jag kommer att skicka ut ett utlåtande till dig som du behöver sända vidare kopior på till dina försäkringsbolag så snart som möjligt." Hon plockade ihop sina papper och la ned dem i sin väska. En Kånken från fjällräven där hon tydligt även hade en laptop med.

"Okej" svarade Gustav. "Hur når jag dig om jag skulle behöva det?" Vanessa plockade fram ett visitkort och gav det till Gustav. Hon tackade för kaffet och reste sig. På väg ut genom dörren vände hon sig om.

"Jag är nästan säker på vad resultaten kommer att visa" sa hon. "Vi har bara en svart varg så vitt vi vet uppe på Kroppefjäll. En hanne som dök upp för några år sedan. Vi kallar honom Garm och vi har haft problem med honom förut"

På väg till bilen gick Vanessa förbi Gustavs röda pickup. Hennes blick fastnade på en dekal bak på flaket "Jämthund, alla gråhundsägares dröm!" Det drog lite i mungipan på henne när hon gick vidare och hoppa in i sin BMW. Hon fick snart upp värmen i bilen och på vägen hem körde hon rätt direkt. Hon tyckte inte om dessa besök men innan Uddevalla hade hon skakat av sig den ledsna stämningen.

Kapitel 3

Vägen hem från Leif och Lena kändes ensam men det var inget mot tomheten Gustav kände när han kom hem. Han hängde av sig alla jaktkläder och la allt på rätt plats. Han smörjde upp studsaren innan han ställde in den i vapenskåpet. Gustav tog sig en lång varm dusch men började ändå frysa igen efter han kommit ut ur duschen. Han åt en macka och gick och la sig. Han låg i sängen men hade svårt att sova. Tankarna gick tillbaka till myren, till den svarta vargen med de gula ögonen som tagit Gustavs bästa vän ifrån honom. Han tänkte på Cesar som låg i en skottkärra i ladan. Vad var allt detta bra för? Varför var politikerna i Stockholm så angelägna att ha varg i Sverige? Skulle någonsin någon av dem som fattade dessa beslut bli påverkade av detta på samma sätt som han själv? Hur många besök som dessa gör egentligen den där Vanessa? Hur många hundar har den svarta vargen dödat? Hur många till kommer den att döda? Frågorna var många och de surrade runt i huvudet på honom tills han kände sig yr.

Väckarklockan ringde. Det kändes som han inte fått en blund på hela natten. Lakanet var ihop rullat och skrynkligt. Gustav satte sig på sängkanten och stängde av alarmet. Han la händerna på huvudet och lät dem glida ned för ansiktet. "Ännu en dag på jobbet" tänkte han och gick upp. Han tog på sig kläderna och gick till ytterdörren. Han tog tag i Cesars koppel. Han kom på sig själv, suckade och gick tillbaka in i lägenheten. Allt Gustav gjorde denna morgonen gick långsamt. Han kom på sig själv att släpa sig fram i lägenheten. Han började snart på jobbet och blev tvungen att skynda sig iväg. Gustav var tvungen att skrapa rutorna på Forden. Han jobbade på Lasses bilverkstad som låg strax utanför Munkedal ut mot en liten ort som heter Håby. Givetvis blev han sen till jobbet. När han kom in i verkstaden såg han Lasse igenom fönstret in till kontoret. Han satt med armarna i kors över kulmagen och stirrade in på dataskärmen.

En röd Fiat stod med huven öppen intill ingången. Rodavan kickade fram under luckan.

"Kila in och byt om Gustav så kanske Lasse inte märker att du är sen" sa Rodavan som alltid hade ett stort leende på läpparna. Han var något kortare än Gustav med mörka drag. Han hade kommit till Sverige under Balkankriget. Rodavan såg på Gustav att något var fel och reste sig upp från under huven. "Fan, har det hänt nåt eller?" frågade han Gustav. Men innan Gustav han svara så dök Lasse upp i dörröppningen in till kontoret.

"Jaha, nu passar det att komma?" sa Lasse. "I den här firman börjar vi klockan noll sju noll noll inte tjugo över!" Lasse hade ändå ett leende på läpparna men det ändrade sig när han såg Gustavs ansiktsuttryck. "Har du sålt smöret och tappat pengarna eller? Du ser ju inte klok ut Gustav. Var har du Cesar då?" Cesar brukade vara med Gustav på jobbet och ligga i fikarummet om dagarna. Det var en av anledningarna till att han skaffat hunden från början, han visste att han skulle kunna ta hand om honom även dag tid.

"Fan, vargen tog han igår" svarade Gustav. Han kunde känna hur han fick en stor klump i halsen och att gråten var nära. Gustav lyckades svälja klumpen med en ansträngning och fortsatte. "Jag får be om ursäkt att jag är sen idag. Jag sov väldigt dåligt i natt."

"Vad säger du Gustav?" sa Lasse. "Har vargen tagit Cesar? Vart då?"

"Hemma utanför gården" svarade Gustav. "Vi jagade älg och så märkte jag av att något inte stämde men jag hann inte dit i tid."

"Jädra skit! Hade det varit i Bosnien hade vi skjutit av dem allihopa" sa Rodavan. "Typisk Sverige med deras PK elit till regering. Fan, jag beklagar." Lasse gick fram och la handen på Gustavs axel.

"Vill du vara ledig i dag så är det helt okej för mig?" sa Lasse. "Jag beklagar."

"Nej, jag vill nog jobba" svarade Gustav. "Få tankarna på något annat liksom."

Efter jobbet åkte Gustav ut till föräldrarnas gård. Det var ljust i några timmar till. Leif mötte honom på gårdsplanen. Luften var kylig men det hade varit plusgrader under dagen så det borde inte vara några problem att gräva. Gustav och Leif hämtade två spadar ur ladugården.

"Vart vill du lägga honom?" frågade Leif.

"Vi lägger ner honom uppe i gläntan" svarade Gustav. Det var bara fem minuters promenad dit. Cesars första älg hade skjutits där, en kviga. Leif nickade till svars. De hörde en bil svänga in på gårdsplanen. De gick ut och såg Johan och Sara kliva ur deras silverfärgade Volvo. Sara var nästan ett huvud kortare än både Gustav och Johan med kortklippt rödfärgat hår. Hon och Johan hade gift sig året innan. De båda var civilklädda med svarta jackor.

"Hur är det med dig Gustav?" frågade Sara. "Du ser ju helt hålögd ut."

"Det kunde väl varit bättre" svarade Gustav. Sara såg på Gustav med en sorgsen blick som fick honom att se ner i marken.

"Vart skall vi begrava stackaren då?" frågade Johan.

"Uppe vid gläntan" sa Leif. "Lena vet vart det är. Sara du kan gå in till henne och vänta så ringer vi när det är dags." Sara nickade till svars och gick in i huset. Gustav och Leif tog spadarna samtidigt som Johan hämtade skottkärran inne i ladan. Leif hade täckt över Cesar med några sopsäckar. Sedan travade de iväg upp för kullen bortom huset. Det gick en gammal traktorväg hela vägen fram till gläntan som låg på den södra sidan av kullen. De hittade en bra plats att begrava Cesar på intill en stor rund sten i ena kanten av gläntan. De turades om att gräva och grävde inte djupare än en meter. Sen la de Cesar i ett gammalt lakan och la ned honom i graven. Lena och Sara var snart där. De delade alla med sig ett minne var av hunden innan de grävde ned honom. Både Lena och Gustav grät. Efter begravningen åt de mat inne på gården. Lena hade gjort i ordning en älgstek som hon serverade med rotmos. Johan hade skjutit älgen på gångstånd för Cesar på jaktpremiären i oktober. Lena tyckte det passade. Hela familjen var samlade utan Gustavs och Johans mellansyster Anna som bodde i Göteborg. Hon studerade till landskapsarkitekt på universitetet. Det var en ovanligt tryckt stämning under middagen och efter de ätit färdigt åkte Johan och Sara hem. Gustav stannade lite innan han åkte hem med. Lägenheten kändes tom.

Dagen efter var det lika ensamt när han vaknade på morgonen. På jobbet kändes det lite bättre. Rodavan skämtade som vanligt om hur kassa alla bilar var som de fick in.

Det underlättade för Gustav men när han kom hem slog ensamheten till igen. Han satte sig framför datorn och såg på sitt favorit program. "Hunting with Tanya" Ett Amerikanskt jaktprogram med den otroligt vackra Tanya Bishop från Colorado som programledare. En serie med avsnitt när Tanya jagar alla typer av trofédjur världen över med olika vapen. Gustav gillade främst att se henne smygjaga med båge. Något av den proffsiga jägarens favoritvapen. Just i detta avsnittet jagade Tanya vitsvansade hjortar med båge i Wisconsin. Hon hade precis riktat in sig och börjat smyga sig närmare en grupp med hjortar när något plötsligen skrämde bort dem. En prärievarg dök snart upp framför Tanya som genast spände bågen. Hon avfyrade pilen som träffade sitt mål. Prärievargen rusade ut i buskaget igen. Tanya berättar sen för kamerorna att hon även hade en tagg för prärievarg på det är området. Strax därefter sitter programledaren bakom den fällda prärievargen. Hon ser riktigt glad ut och förklarar att det är en stor prärievarg hon fällt och att för var prärievarg mindre på markerna blir det mer hjortar och med mer hjortar blir det större horn. Viltvård kallar hon det. Avsnittet avslutas givetvis med att Tanya skjuter den där fina hjorten med de extremt stora hornen hon har spanat efter. Avsnittet ligger kvar i Gustavs tanke och det sista han tänker innan han somnade den kvällen var "Den där Garm skall nog få!"

Kapitel 4

Kvällen efter det satte sig Gustav framför datorn igen. Nu sökte han all information han behövde om bågjakt. Sverige som är ett av få länder där det är olagligt att jaga med båge visade sig inte ha några direkta lagar gällande vapnet i sig. Han började genast leta efter bra bågar. Han såg på fler avsnitt av "Hunting with Tanya" samt en massa andra jaktfilmer med bågjakt. Han kom att tänka på Kroppefjäll som Garm kommit ifrån och gick in på google earth och började kolla av terrängen. Han hade varit upp på lågfjället och plockat svamp som liten men de senaste tio åren hade de inte åkt dit mer. Delvis på grund av den stora vargstammen och delvis på grund av den besvärliga terrängen. Han synade satellitbilderna väl. Höjder och och myrarna avlöste varandra. Endast ett fåtal grusvägar gick upp på lågfjället. Ett perfekt gömställe för en varg tänkte Gustav men han måste ju finnas där. Den kommande veckan la han helt och hållet på att hitta utrustningen som krävdes för att jaga med båge. Det blev en compundbåge från Bear archery med jaktsikte. Kolfiber pilar med utbytbara spetsar och spetsar både för tavelskytte och trebladiga jaktspetsar från Rage. Han beställde en måltavla. Han läste recensioner på allt han köpte och försökte köpa det från sidor utomlands. Nu blev väntan stor. Februari hade nått sitt slut så jakten var över för i år.

Gustav sträckte sig efter ketchupen högst upp på hyllan. Han var på Konsum och handlade.

"Hej!" sa någon intill honom. Han vände sig om och såg Elin. Han brukade prata med Elin varje gång han var och handla foder till Cesar. Hon jobbade på den lokala djuraffären. En söt liten brunett med runda kinder. Hon var två år yngre än Gustav och klädd i en svart kofta.

"Hej, Elin" svarade Gustav. "Hur är de med dig då?"

"Jo, det är bra med mig" sa Elin. "Jag hörde om Cesar. Jag beklagar sorgen."

"Ja, vargen tog honom på sista jakten för året" sa Gustav. Han flackade lite med blicken.

"Det måste varit hemskt att hitta honom så?" frågade Elin med en fast blick. "Jag är livrädd för den dagen vargarna går in i hästhagen." Gustav visste att Elin var hästtjej och att hon kom från en liten gård utanför Hedekas. I Hedekas var det inte bara nära till Kroppefjäll utan även till Kynnefjäll som också hade en stor vargstam.

"Jo, det var skit" svarade Gustav. "Det värsta var att jag såg vargen. Hade jag bara varit lite snabbare fram kanske jag hade kunnat rädda honom."

"De är lömska vet du" sa Elin. "Även om du hade hunnit är inget säkert. Jag har till och med hört att folk har fått hundarna dödade i trädgården när de suttit innanför fönstret. De är blixtsnabba."

"Jo, det stämmer väl" sa Gustav. "Hur går det i affären då?" Han ville byta samtalsämne.

"Som vanligt skulle jag säga" sa Elin. "Betyder det att jag kommer bli av med en av mina favoritkunder nu eller har du tänkt skaffa dig en ny hund?" Hon log och tittade upp mot Gustav under sin lugg.

"Nä, jag tror nog inte det blir en ny" sa Gustav. "Känns inte rätt att skaffa en hund till jakt igen om den bara riskerar att bli dödad. Kan ju hända vad som helst."

"Men du som ändå är så mycket i skogen kan ju skaffa dig en sällskapshund eller vad som helst" sa Elin. "En vallare av något slag som kan gå med dig lös eller nåt sånt."

"Äh, ska jag ha en hund så får det nog vara till jakt" svarade Gustav. "Men just nu är det inget jag vill tänka på." En gammal tant gick förbi i den smala gången och de ställde sig till sidan. Tanten muttrade något om dagens ungdomar och gick vidare. Elin tog ett steg närmare Gustav och la handen på Gustavs arm samtidigt som han iakttog tanten.

"Låt det ta den tid du vill" sa hon. "Här ge mig din telefon." Hon lyfte upp handen mot Gustav som plockade upp sin telefonen ur fickan. Han räckte över den. Hon startade upp den men fastnade i koden och lämnade tillbaka den till Gustav som låste upp den. Sen knappade hon på den och räckte tillbaka den till Gustav.

"Ring mig om du vill prata eller så" sa hon. Hennes kinder blev röda. "Jag vill ju inte bli av med dig bara för att någon galen vargs skull." Hon vände sig om och gick iväg mellan hyllorna. Gustav stod gapandes kvar. Han kollade på sin mobil. Elin hade skrivit in sitt nummer och sparat det under namnet Elin med ett litet hjärta efter.

Vanessa satt på kontoret och jobbade med Gustavs fall. Hon höll precis på att fylla i en blankett om ersättning för Cesar som skulle skickas vidare till ekonomiavdelningen när Ulrika knackade på dörrkarmen. Vanessa såg upp på hennes kollega. Ulrika var nyligen fylld fyrtiofem år och av det kortare rundare slaget. Hon hade kastanjefärgat hår och glasögon med tjocka bågar.

"De ringde från labbet" sa hon där hon stod i dörröppningen. "Det var Garm som dödade hunden utanför Munkedal." Vanessa nickade.

"Ja, jag tänkte det" svarade Vanessa. Ulrika rörde lite nervöst med fingertopparna mot varandra.

"Han verkar vara en bråkstake den där vargen" sa hon. "Tre hundar på bara några månader."

"Garm verkar vilja sätta ned foten och markera det är han som bestämmer i hans revir" sa Vanessa. "Men det som är konstigt med honom är hur långa sträckor han har rört sig. På två månader så har han nästan varit uppe till Mellerud sen tillbaka på fjället. Han tog den andra hunden på andra sidan vägen i Högsäter och nu nästan ända ned till Munkedal."

"Kanske är att tänka på skyddsjakt på honom?" sa Ulrika.

"Nej, inte bara för några hundar" svarade Vanessa. "Han är bra för reviret. Det har ju blivit två nya kullar sedan han kom till reviret. Dessutom är hans blod från en helt annan stam. Han är en nyckel individ. Men jag tar med mig det i rapporten och så ringer jag Gustav och meddelar att hans ansökan är godkänd." Vanessa skrev på blanketten som hon jobbade med och lämnade över den till Ulrika. Ulrika svepte snabbt ned över pap[p]ret med blicken.

"Skickar du den till ekonomiavdelningen?" sa Vanessa. Ulrika nickade och gick ut genom dörren.

Telefonen ringde. Gustav stod med huvudet långt ned i motorhuven på en Saab. Han hade olja och sot på händerna som han snabbt torkade av sig mot låret innan han fiskade fram telefonen och svarade.

"Gustav" sa han.

"Hej, det här är Vanessa Sterling från rovdjursförvaltningen" sa Vanessa.

"Ja, hej" fortsatte Gustav. "Är det något fel på min anmälan?" Bara några dagar hade gått sen han träffade Vanessa så han tänkte direkt att det var nåt han missat.

"Nej nej, allt är bra" svarade hon. "Jag tänkte bara ringa och säga att jag har godkänt ansökan och skickat vidare inbetalningen till ekonomiavdelningen. Du bör ha ditt skadestånd från oss senast i mitten av nästa vecka. Jag skickar även papper till din adress i Munkedal om ärendet. Där finns rapporterna som du behöver skicka med till försäkringsbolagen."

"Oj, det gick fortare än jag trodde" svarade Gustav. "Vet du något mer om det hela? Var det den där svarta vargen du talade om."

"Jag fick svar från labbet för en liten stund sedan" sa Vanessa. "Det pekar på att det var alfahannen i Kroppefjällsreviret."

"Jaha ja, vad kallade ni nu honom för igen?" frågade Gustav.

"Garm, han verkar vara en rastlös en men vi tror att han har ordning på flocken uppe på berget" svarade Vanessa. Efter samtalet fortsatte Gustav att skruva med Saaben. Han pendlade i tankarna mellan den svarta vargen som fanns någonstans uppe på Kroppefjället och på sms konversationen han startat med Elin.

Kapitel 5

Det var fredagskväll en vecka efter att Vanessa ringt Gustav. Han hade redan fått in pengarna från länsstyrelsen på kontot och skickat vidare de rätta blanketterna till de andra försäkringsbolagen. Men det var inte det som upptog Gustavs tankar denna kvällen. Han hade precis hämtat Elin på parkeringen vid djuraffären. Hon hade hoppat in i Forden i en snygg svart klänning som gick halvvägs ned på låren. Hon hade vitsvart randiga strumpbyxor och svartvita Allstars på fötterna. En snygg svart jacka i fuskskinn. Håret bar hon som hon brukade, rakt ner med lugg men hon var sminkad runt ögonen och hade rött läppstift på. Gustav hade klätt upp sig själv med. Han hade ett par stentvättade jeans, en svart skjorta och en skinnjacka. Han hade till och med tagit lite vax i håret som nu stod rakt upp. De körde in mot Uddevalla. Planen var bio och sen kvällsmat på någon restaurang. Gustav hade städat hemma bara ifall om det skulle bli mer än så. Men det var första gången de gick ut ihop så han räknade inte med det. Det hade känts konstigt när han bar ned Cesars bädd och matskålar ned till källarförrådet. Han ville inte slänga Cesars saker. De kanske skulle komma till användning igen men han kunde inte ha dem liggandes framme nu. Dels för att de hela tiden påminde honom om hunden och dels ifall om någon undrade.

Gustav parkerade bilen på parkeringen framför badhuset. Han visste att det var gratis parkering där på kvällar och helger. Sen så låg det bara tvärs över gatan till biografen. Biografen som för bara några år sedan fått nya lokaler med en av Sveriges största biodukar. En stor glasvägg täckte ingångssidan till bion och en trappa ledde dem upp till salongerna. De hade bokat biljetter till en romantisk komedi med bland annat Ashton Kutcher och Cameron Diaz i huvudrollerna. Gustav betalade biljetterna och Elin köpte dricka och popcorn till de båda. Filmen var väl inte riktigt Gustavs typ men han var där för Elins skull men han fick sig några skratt. I en av de lite läskigare scenerna i filmen fick Gustav chansen att köra det äldsta tricket i boken. Att gäspa och lägga armen över axlarna på tjejen. Han hoppades på att hon skulle uppfatta det som skämtsamt klyschigt och en aning romantiskt. Det verkade ha önskad effekt för hon skrattade till lite och lutade sig in mot Gustavs sida. Han märkte snart att han började svettas så han hittade på en ursäkta byta position. Efter bion gick de till en restaurang på en sidogata till Kungsgatan. Stället serverad mest Amerikansk mat och var inrett i en blandning av en sportbar och gammal stil med massa låtsas gamla prylar på väggarna. De fick ett bord inne i ett hörn vilket passade dem bra. De talade om allt mellan himmel och jord. Filmen, hundar, hästar, jobb, gamla skolkamrater och lärare. Elin hade gått på samma högstadieskola som Gustav. Trotts att de skilde två år mellan dem så hade de många gemensamma vänner och lärare. Gustav beställde en burgare och Elin en Caesarsallad. Eftersom de båda skulle köra bil senare drack de Cola. Gustav tillbaka till Munkedal och Elin ut till sina föräldrars gård i Hedekas. En timme blev två och två till tre. Sedan började restaurangen göra om till nattklubb och de bestämde sig för att åka hemåt.

Innan de kom fram till Munkedal tog Gustav mod till sig och frågade Elin om hon inte ville följa med hem till honom på en kopp te. Hon svarade "Ja." Väl inne hos Gustav satte sig Elin i tv-soffan medans Gustav satte igång vattenkokaren. Han hittade några kakor i skafferiet som han la på en asket. Han hällde upp två koppar med vatten och slängde i en påse med te i vardera. Sedan bar han in allt på en bricka. Elin satt i soffan och virrade med ena handen i håret.

"Vad fint du har det" sa hon. "Jag längtar tills jag får något eget. Det måste vara skönt att kunna bestämma allt själv?" Gustav satte ned brickan på bordet och satte sig i soffan.

"Jo, det är både för och nackdelar" sa han. "Visst är de skönt att bestämma allt själv men det kan bli ensamt ibland med." Han pekade med hela handen på teet och kakorna. "Varsågod!"

"Tack" svarade Elin. "Jag kan tänka mig att det blivit värre utan Cesar?" Hon sträckte sig efter en kopp. Satte den mot läpparna och slurpade lite grann. "Varmt" sa hon.

"Ja, förut hade jag ju alltid honom" svarade han. "Jag köpte honom medans jag fortfarande bodde hos morsan och farsan. Men så som du som har hästen hos dina föräldrar. Skulle inte det kännas konstigt att flytta ifrån den?" Elin tog en kaka.

"Det är nog därför jag inte har stressat till mig ett boende" svarade hon. "Det är ju ganska skönt att spara pengarna med." Hon log mot Gustav. Gustav log tillbaka. De satt sedan där och talade i någon timme tills teet var slut och kakorna borta. Gustav hade smidigt rört sig lite närmare Elin. Han kände på sig att om han ville att detta skulle leda till något mer så var han tvungen att ge henne en kyss. Ett läge uppstod när Elin precis ställt tillbaka sin tomma kopp på bordet. Men hennes reaktion var något helt annat än Gustav hade hoppats på. Hon ryggade tillbaka. Han satte sig rakt upp igen.

"Ursäkta mig!" sa han. "Jag trodde du ville." Elin bet sig i läppen och tittade ned åt sidan.

"Förlåt!" svarade hon. "Det var inte meningen. Men jag har inte varit helt ärlig mot dig."

"Vadå?" frågade Gustav. Han såg förvånad ut och kom på sig själv med att sitta med öppen mun.

"Nej, jag har en pojkvän" svarade hon med skamsen blick. "Han bor i Jönköping. Jag började sms:a med dig och tyckte du var så trevlig. Jag tyckte så synd om dig med hunden och allt. Det drog i väg och jag kan förstå om du är arg på mig."

"Gick du med mig ut för att du tyckte synd om mig?" frågade Gustav. "Varför sa du inte det innan?" Gustav lutade sig tillbaka i soffan och gestikulerade med händerna. Elin la det ena knäet över det andra och la händerna över dem.

"Nä, jag gillade uppmärksamheten tror jag" svarade hon. "Du är en väldigt trevlig kille men jag är ihop med Mats. Jag kan inte vara otrogen mot honom. Men du har nog inte svårt att hitta någon annan." Det slutade med att Gustav skjutsade Elin tillbaka till sin bil vid djuraffären. När han kom hem raderade han hennes nummer på mobilen.

Kapitel 6

"Hej, jag ringer från flygfrakt och jag har ett paket till dig" sa mannen i telefonen.
"Ja, vart kommer det ifrån?" frågade Gustav. Han hade beställt ett flertal saker den senaste tiden. "Det kommer från Bear archery i USA" svarade mannen. "Är du hemma om en kvart?" "Jag är på jobbet men jag hinner hem tills dess" svarade Gustav. De hälsade av varandra. Gustav gick bort från bilen han arbetade med till Lasses kontor. Han såg att Lasse satt framför datorn. "Du det kommer ett paket hem till mig alldeles strax" sa Gustav. "Jag får åka hem och ta emot det. Det är lite dyra grejer så jag vill inte att han ställer dem på utsidan." Lasse såg koncentrerat på skärmen men lyfte handen och vinkade till Gustav. "Skynda dig tillbaka bara" sa han.

När Gustav kommit hem och tagit emot paketet kunde han inte låta bli att gå in och öppna det. Han ville se så att allt var med och att han hade fått rätt grejer. Reseväskan till bågen låg i en stor kartong som var ordentligt tejpad. När han fick ur den hårda väskan ur pappen la han upp den på sitt köksbord och öppnade. Den hade kraftiga spännen som en koffert som knäppte till när han öppnade den. Bågen var kort och kamouflage färgad med ett stort hjul på vardera sida av strängen som gick fram och tillbaka tre gånger. Ett koger satt monterat på sidan av bågen och ett sikte med fyra pinnar där fram. Stabilisator och en ring att sikta igenom var också monterade och klara. I väskan låg även tio pilar med både tavelspetsar och jaktspetsar. Där låg även en avtryckare, lite o ringar och några verktyg för att kunna justera bågen. Han la tillbaka allt och åkte till verkstaden igen. Under resten av veckan kom fler paket från när och fjärran. En piltavla och ett skyddsnät från ett Svenskt företag. En avståndsmätare och en ny handkikare med en riktigt bra sele från Leupold. En klättersele och en rem för att fastgöra sig själv i träd från en klättringsbutik i England. Det blev fortfarande mörkt tidigt på kvällarna så han väntade till helgen med att öva med pilbågen.

Redan tidigt på lördagsmorgonen åkte han ut till föräldrarnas gård. Han var bara inne snabbt och hälsade på Leif och Lena som satt och drack sitt morgonkaffe. Det var nu i mitten av mars och kärlen hade släppt i marken. Han byggde upp en skyttebana bakom ladugården. Där låg ett långsmalt fält mellan själva ladugården och skogskanten. Dessutom var där nästan alltid vindstilla och det låg insynsskyddat. Han spände upp ett rep mellan ett träd och stuprännan i ladugården som han trädde skyddsnätet på. Sen röjde han bort det gamla höga gräset framför nätet med en lie. Han mätte ut tio, tjugo och trettio meter från tavlan som han satte ut framför nätet. Han hade redan monterat pilarna med tavelspetsar och började skjuta från tio meter. Han ställde så in översta pinnen på siktet till tio meter. Sedan övade han länge på det korta avståndet. Leif kom ut och tittade på honom en stund.

"Skall du bli bågjägare nu?" frågade han. Leif hade händerna i fickorna och stod där vid kanten av ladan med ett brett leenden på läpparna.

"Jag funderar på det" sa Gustav. "Det verkar ju inte vara någon idé att jaga med hund längre."

"Nej, så skall du inte säga" sa Leif. "Det var extremt mycket otur att den där besten var nere från fjället just när vi jagade och så här långt bort. Men jag kan förstå att du vill testa något annat."

"Lite så jag tänkte med" sa Gustav. "En lite mer utmanande smygjakt. Man måste komma riktigt nära liksom." Leif gick närmare sin son som tog en liten paus i skjutandet. Han spotta på backen.

"Synd bara att det är så himla dyrt att jaga med båge" sa Leif. "Du får ju åka till Danmark eller Polen eller nåt sånt för det är ju inte lagligt här." Gustav ryckte lite på axlarna.

"Inte än i alla fall" sa Gustav. "Jag vet att de jobbar för att det skall bli det men det kan ju ta några år till."

"Ja, de har nog varit nära nu i kanske femton år" svarade Leif. "Men det gör väl inget om du testar och tar en resa eller två." Han gick sen fram till Gustav med utsträckta

32

händer. "Låt nu mig få prova på den där? Det ser roligt ut." Leifs leende sträckte sig nästan från öra till öra.

"Den är inte riktigt inskjuten än men testa du några pilar" sa Gustav. Sen visade han hur man siktade med siktet och hur man använde avtryckaren. De stod där ute en bra stund ihop och sköt många pilar. Innan det var lunch var Gustav både nöjd med inskjutningen på tio och tjugometers siktena. Lena hade gjort falukorv i ugn som smakade bra efter allt skytte. På eftermiddagen fortsatte Gustav att skjuta in bågen upp på både trettio och fyrtio meter. Det började mörkna när han var klar.

Dagen efter vaknade Gustav med en redig träningsvärk i ryggen, axeln och höger armen. Trotts att bågen bara var inställd på sextio punds dragvikt och att bågens hjul sänkte vikten i fullt drag med hela åttio procent så var vägen dit tung. Han övade bara i några timmar på söndagen denna kyliga söndagsmorgon. Han märkte att han börjat bli bättre på att träffa. Han började läsa på mer om vargen och såg på så mycket filmer han kunde på nätet om hur man jagar med båge. Alla tips och råd han kunde komma över var intressanta. Han hämtade upp sin vandringsryggsäck ur källarförrådet för att se om han kunde få ner bågen i den. Han hade en sjuttiofemliters säck från Berguven men till hans förvåning så fick den inte plats. Han beslutade sig för att köpa en större ryggsäck så att han kunde ha med sig bågen utan att den syntes. Han kom snart fram till att vargen mestadels är nattaktiva och sökte hur jägare i andra länder löst det. Han fastnade för tanken att använda en nattkikare. Han fick gå in på nätet igen och hittade en hemsida som sålde det med. Nattkikarna var nästan lika dyra som bågen så han köpte en version med bara ett öga vilket fick ned priset lite. Den hade dessutom fått bra recensioner. Ryggsäck köpte han från en svensk sida, en fjällräven säck med hundra liters lastkapacitet. Han kollade igenom resten av sin friluftsutrustning så att allt var helt och att han hade allt han behövde, sovsäck, liggunderlag, tält, gasolkök, kläder och en fältspade. Allt var i ordning. Någonting som verkade vara viktigt på de flesta filmer om bågjakt var att dölja sin lukt. Det fanns både tvättmedel och en sprej som skall appliceras på jaktkläderna för att dölja lukten så han beställde det med.

Helgen kom igen och han åkte ut till föräldrarnas gård. Han fortsatte med övningsskyttet med bågen. Nu började han även känna på skytte från knästående och uppe ifrån ett träd. När helgen var slut träffade han nästan alltid inom storleken av vargens träffområde, hjärta och lungområdet, på trettio meter och på tjugo meter sittandes i trädet. Han kände sig redo. På söndags kvällen gick han åter in på googles kart och satellitfunktion. Han kom då på att han glömt köpa något, en karta över fjället. Han hittade dem på lantmäteriets hemsida. Han var tvungen att köpa två stycken terrängkartor för att få med hela fjället. Kartorna kom redan på tisdagen efter. Han studerade dem noggrant under kvällen och fann en plats han trodde skulle fungera bra för jakten. En smal skogsremsa mellan två stora myrar som låg öster om Svingsjön. Han skulle kunna parkera bilen söder om sjön precis under branten och vandra upp runt sjön och följa en liten skogsväg bort till ena myren. Slå läger på östsidan om myren långt ifrån alla grusvägar och sen gå ut mellan myrarna innan skymning. Chansen att stöta på någon där borde vara obefintlig.

Kapitel 7

"En iskall kalkyl och en kraftig rekyl. Det finns bara krig. SKJUT, GRÄV, TIG" dånade ut från Gustavs stereo när han följde 172an upp mot Färgelanda. Raubtiers låt fick stå för underhållningen och hjälpa till att få Gustav i sinnesstämningen för hans uppgift. Det var fredagseftermiddag sista helgen i mars. Solen skulle inte gå ned fören nästan kvart i åtta så än hade han över tre timmar på sig. Han hade packat allt dagen innan. Jaktkläderna hade han tvättat i det luktlösa tvättmedlet och lagt i en påse för att de inte skulle ta lukt av något annat. Bågen hade han svept in i en filt och lagt närmast ryggen av ryggsäcken. Han hade åkte hem direkt efter jobbet och tagit på sig sina friluftskläder och tagit med sig ryggan ut till bilen. Till Leif och Lena hade han sagt att han skulle ut och vandra i Dalsland i helgen. Det var lite tidigare än vad han brukar åka ut men inte helt ovanligt för Gustav att åka på vandringsturer. Vanligen brukade han givetvis ha med sig Cesar. Han körde förbi Färgelanda och tog av 172an halvvägs upp till Högsäter. Han körde förbi en camping och fortsatte upp mot Kroppefjäll. Han parkerade bilen intill en vändplan i sluttningarna upp mot fjället. Kroppefjäll är ett typiskt Dalsländskt lågfjäll vars högsta topp endast är tvåhundrafyrtio meter över havet. En högplatå täckt med skog, myrar och sjöar. Gustav följde en led upp mot ett naturreservat som låg över krönet på fjället. När han vandrade genom reservatet fick han en trolsk känsla. Mossa täckte de gamla stammarna och skägglav hängde från grenarna. Skogen i reservatet var närmare tre hundra år gammal. Tickor stack ut från träden här och var. Han passerade genom reservatet på små stigar och gångar byggda med plankor över våtmarkerna. Han kom ut till en vändplan på andra sidan reservatet. Där följde han en skogsväg åt nordost. Han hörde en orre gala ifrån en grantopp ute i skogen. Trotts att han gick på en grusväg var det helt ödsligt uppe på fjället. Inga hus eller människor stod att möta. Det passade Gustav bra. Han svängde av vägen när han såg att han passerat en stor myr på sydsidan på kartan. Han gick rakt ut i skogen och fortsatte in mellan granarna och tallarna. Efter naturreservatet var skogen mestadels plantage. Han rundade spetsen på myren och fortsatte uppåt norr. Han fann en bra plats att slå upp läger intill en liten bäck. Han lämnade ryggan där och tog bara med sig lite verktyg och gav sig bort till en smala skogsremsan som ledde ut mellan myrarna. Här var skogen gles bortsett från vid kanterna till själva myren. Övergången var femtio meter bred där den var som smalast. Gustav hittade en djurstig som gick igenom mitten av skogen. Han fann ett träd som var på ett bra avstånd och grovt nog att klättra upp några meter i. Han spikade fast en grov pinne högt upp på stammen strax under en klyka i trädet som han tänkte sitta i och fäste spännbandet till sin sele runt stammen där uppe. Han röjde lite grenar för att få bättre uppsikt över viltstigen och markerad ut avstånd med pinnar från trädet. Nöjd med sin plats gick han tillbaka till ryggsäcken och började slå upp läger.

Han slog upp sitt tält, och lagade kvällsmat på gasolköket. Det blev Bullens pilsnerkorvar med bröd och senap. Han gjorde i ordning en sittplats av några gamla stockar. Han åt fort och hoppade i jaktkläderna. Sedan tog han med sig bågen, nattkikaren och fältspaden bort till sitt nya pass. Han klättrade upp i trädet och firade upp bågen med ett litet rep. Han spände fast selen i trädet och satte sig till rätta. Strax sjönk solen ned på andra sidan myren och det blev fort alldeles mörkt. Skogen tystnade medans mörkret och kylan kom. Gustav som var van jägare hade givetvis på sig mycket kläder och han höll humöret uppe. Det var en molnfri kväll och snart lyste månen och stjärnorna upp myren utanför honom. Han såg vagt igenom skogen där han satt men kunde ändå urskilja det mesta utan nattkikaren. Efter ett par timmar hörde han hur det prasslade från västsidan. Något närmade sig så Gustav startade nattkameran. Han fattade bågen med båda händerna och spanade genom natten. Ljudet kom närmare och närmare. Han såg en rörelse och plötsligen stod där en älgko med två kalvar efter sig framför honom. De gick lugnt men kollade hela tiden runt omkring sig. De passerade på bara tio meters håll utan att upptäcka Gustav. Vid halv två tiden tröttnade Gustav och gick tillbaka till lägret.

Kapitel 8

Vanessa svängde upp på grusvägen som ledde till gränsen av naturreservatet. Hon hade de senaste dagarna samlat in åtelkameror från hela Kroppefjäll som var en del av inventeringen av viltstammen och kanske i synnerhet vargstammen på fjället. Trots att det var lördagsmorgon beslutade hon att åka ut och hämta den sista kameran nu. Vanessa hade glömt den när hon hämtade de andra i området och hon hoppades på att hennes misstag skulle passera obemärkt. Erik var med henne. Han satt och tittade ut genom fönstret upp mot fjället.

"Skall vi klättra upp för det här berget för att få tag i en kamera som hänger i ett träd någonstans där uppe?" frågade Erik. Han såg mot Vanessa som såg ut att fokusera på körningen.

"Det går en smal ravin upp i berget med en stig" svarade Vanessa. "Det är inga problem att ta sig upp och jag vet precis var kameran hänger. Jag bara glömde den igår när jag samla in de sista. Men se det på den goda sidan. Då kan ju vi göra en dag av det. Naturreservatet är jättefint. Det är nästan som att gå i en uråldrig skog uppe i Dalarna eller Jämtland." Erik nickade och vände blicken mot berget igen. När de kom fram till vändplanen parkerade Vanessa vid sidan av vägen. När hon gick ur bilen gick hon bak till bagageluckan och lyfte ur sin ryggsäck. Idag hade hon en fyrtio liters säck från fjällräven med allt från regnkläder till korven de tänkt grilla uppe i naturreservatet. Erik kom fram till henne och plockade ur sin ryggsäck med en lite mindre säck som mestadels innehöll ved för grillningen. Han stod där i en gul friluftsjacka från Haglöfs med en halsduk virad runt halsen. Givetvis bar han inte mössa, inte med hans frisyr. De log mot varandra och stängde bagageluckan på bilen. De gick upp längsmed vägen i vändplanen som egentligen mer var en väg byggd i en cirkel. När de kommit fram till stigen som låg ganska snart till sidan såg Vanessa att en bil stod parkerad längre bort. En röd pickup. Hon fick en lite konstig känsla men tänkte inte så noga på det. De gick upp mot naturreservatet igenom ravinen.

Skägglaven hängde från grenarna runtom dem. De följde en av stigarna som gick i en båge inne i reservatet. Plötsligt stannade Vanessa och satte sig på huk. Erik gick ned på huk strax intill och hasade sakta fram till Vanessa. Hon plockade upp en kikare ur fickan och kikade igenom den bort mellan träden. Hon böjde sig över till Erik och viskade "Borta i granens topp vid den lilla björken" Hon räckte över kikaren. Erik tittade igenom den bort mot granen. En gammal gran full med skägglav och mossa högt upp på stammen. Långt där uppe såg han en ganska stor svart fågel med röda ögonbryn.

"En orre" viskade Vanessa. Han nickade till svars. De satt där en stund och tittade på den fina fågeln innan de fortsatte. Vanessa ledde Erik av stigen och rakt ut i urskogen. Strax därpå stannade hon och tog av sig ryggsäcken. Ut tog hon en kniv och gick bort till ett träd. Först då såg Erik kameran som var fäst med ett flertal buntband runt stammen. Hon skar snabbt och smidigt ned kameran och la den i sin väska. Sedan fortsatte de runt granen där orren satt tillbaka till stigen. De följde stigen tills de kom till ett litet vindskydd som låg ute på en udde i en skogstjärn. Vanessa gjorde upp eld medans Erik såg sig omkring. Snart brann det bra och Erik hällde upp kaffe i två muggar och tog fram korvarna ur väskan. Vanessa och Erik satte sig under taket till vindskyddet och talade lågmält. Det var en viss känsla i skogen. Något trolskt som fick en att känna lite på samma sätt som när man är i en kyrka eller i ett bibliotek. Korvarna grillades och åts under njutning.

"Jag tror nästan att du glömde den där kameran bara för att få med mig hit" sa Erik. "Kanske det" svarade Vanessa med ett leende på läpparna. De kysstes och snart nog älskade de med varandra inne i det lilla vindskyddet. En känsla av nervositet för att bli upptäckta ökade deras lust. Glöden utanför sprakade och luften kändes kall mot deras bitvis nakna skinn.

När de kom ned till vändplanen igen var det mitt på eftermiddagen. De var tvungna att åka till stallet för att ta hand om Pereen. De satte sig i bilen efter att de lagt ryggsäckarna i bagaget. Erik tog av sig sin jacka med. Han hade blivit varm av promenaden. Vanessa körde runt vändplanen och såg att den röda pickupen stod kvar. "Stod inte den här när vi kom med?" frågade Erik. "Vem ställer en bil här så länge?"

"Det kanske är någon som är uppe på fjället och vandrar eller något" svarade Vanessa. "Lite tidigt men vem vet." När hon passerade bilen såg hon en dekal bak på flaket. "Jämthund, alla gråhundsägares dröm!"

Kapitel 9

Gustav vaknade sent för att vara utomhus. Normalt sett när han är på vandringar eller av någon annan anledning sover i tält brukar han vakna riktigt tidigt. Nu var klockan nästan tio. Han gick upp och gjorde upp en eld. Han byggde en eldstad med några stenar. Han tände elden med tändstål och näver. Han kokade gröt och värmde vatten till kaffe. Snabbkaffe var det som gällde i skogen. Under tiden han lagade maten och åt funderade han på om han skulle öka sina chanser med lite lockbete till nattens jakt. Han började kolla av kartan efter fler ställen som skulle kunna vara bra. En bit norrut fanns en liknande passage fast mellan två sjöar. På andra sidan fjället fanns flera intressanta platser men dit skulle det ta för lång tid att gå. När han ätit upp och avnjutit sitt kaffe tog han med sig sina verktyg, gasolköket, en portion mat, vatten och la även i bågen i ryggsäcken. Han hade ett ess i skjortärmen som han tänkte nyttja. En burk med surströmming. Han gick först tillbaka till passet han suttit i under natten. Där öppnade han burken med den ruttnade fisken och hällde ut den på tjugo meters avstånd från trädet han skulle sitta i. Den fräna lukten trängde in i näsan på honom och han funderade på om inte detta var ett misstag. Kanske skulle lukten skrämma bort vargen istället för att dra den till honom. Han såg till att gräva ned burken in under en mosstuva i kanten på myren. Den luktade för mycket för att han skulle kunna ha den i lägret. Sedan gav han sig iväg mot det alternativa passet mot norr. Han tvingades gå runt den väldiga myren på östsidan. Det var mestadels granplanteringar. Terrängen var ganska platt här uppe på fjället. Han iakttog hela tiden marken efter spår och spanade efter djur. Han tyckte att det var få djurspår överhuvudtaget på fjället. Några enstaka älgspår här och där men i regel nästan inget mer. Han kom runt myren och sneddade upp mot en grusväg som löpte norrut. Han gick ut på vägen och följde den. Långa raksträckor med bara enstaka kurvor ledde honom upp till en sjö. Han kollade kartan och det verkade som att närmaste vägen runt sjön var åt väst. Tanken han hade var att göra i ordning ett pass på andra sidan sjön. Det verkade som att det låg en sjö väldigt nära på andra sidan den men det ända Gustav kunde se var en kanske femton till tjugo meter hög åsrygg.

När han kommit runt sjön märkte han att det bara var åsryggen som skilde de två sjöarna. Han följde en väl trampad djurstig uppför åsen men såg att det var svårt att anlägga ett bra pass uppe på den smala kammen. Vegetationen var för tät och dessutom var det stor risk att pilarna kunde hamna i sjön vid skott. Han klättrade ned på norra sidan och fann där en liten glänta med ormbunkar precis där djurstigen ledde ned. En kraftig men krum tall stod vid sidan om gläntan. Stigen ledde rakt igenom den kanske tjugo meter breda och trettio meter långa gläntan. Han gick fram till tallen och tog av sig ryggan. Det var inga problem att klättra upp tre meter i den krumma tallen med de tjocka grenarna. Han högg av några grenar uppe i trädet för att få en bättre skottglugg. En mindre rönnbärsbuske skymde en bit av djurstigen när han satt där uppe så han klättrade ned och högg ned den med. Han spikade fast en grov gren i stammen strax under klykan i trädet för att få bättre fotfäste. Gustav stod där med yxan i handen och kände sig nöjd med sitt pass. Han klättrade upp en gång till och visualiserade sig hur vargen skulle komma gåendes längsmed stigen. Om den kom uppe från åsryggen skulle han förmodligen kunna se den innan den kom ned i gläntan och om den kom från andra hållet skulle han kunna se den en bit in i skogen från andra sidan. Han packade med sig sina saker och började gå tillbaka mot sitt läger. Denna gången gick han på östra sidan av sjön. Här var terrängen jobbigare. Täta dungar blandat med små mossar. Han kämpade sig igenom och kom till slut ut på grusvägen på andra sidan. Den var lika ödslig som tidigare. Därefter följde han samma väg tillbaka till lägret som han hade gått förut. Han lagade mat men denna gången över öppen eld. Det blev bacon och vita bönor i tomatsås vilka smakade ljuvligt i den kyliga luften. Resten av eftermiddagen vilade han och samlade ved.

Han åt kvällsmat tidigt, redan vid sex tiden. Risgrynsgröt på korv som han värmde över gasolköket. Han värmde även upp en termos med kaffe som han packade med sig i ryggsäcken tillsammans med sina verktyg, några förstärkningsplagg och givetvis bågen. Sedan travade han bort till det första passet han hade gjort. När han närmade sig passet kände han lukten av surströmmingen. "Fan, det var nog en dålig idé" tänkte han när han fortsatte men beslutade sig ändå att följa planen. När han kom fram till trädet tog han av sig ryggsäcken och tog ur det han ville ha med sig upp i trädet. Nattkikaren, vanliga kikaren, bågen, termosen och en extra tröja. Sedan kamouflerade han väskan nere på marken med kvistar av ljung. Han klättrade upp och satte fast sig med selen. Sedan firade han upp utrustningen. Himlen var nu täckt av gråa moln men Gustav trodde inte att det skulle bli regn. Det drog kallt ifrån sydväst och det dröjde inte länge innan han tog på sig den extra tröjan. En timme gick sedan två. Där någonstans försvann de sista solstrålarna ned bakom horisonten. Det blev genast kallare men det gick bra ändå. Det var mycket mörkare denna natten vilket tvingade honom att använda nattkikaren hela tiden. Han var lite osäker på hur lång batteritid det var på den men det hindrade honom inte från att ha den tänd.

Garm sprang med huvudet sänkt. Han kände en obekant doft. Irja och ett par av de yngre tikarna sprang bakom honom. Han följde kanten av myren. Det var mörkt. En söt doft hade fångat hans intresse. Spåret lede bort från myren in i skogen. De kände doften av eld när de närmade sig den konstiga kupolformade kullen framför dem. Garm tvekade men fortsatte. Något rörde sig framför dem. En tygflik från tältet slog till i vinden. Irja och de yngre tikarna ryggade tillbaka och vände om. Garm stannade till. Doften av människa nådde hans nos och han vände och gav sig efter sina undersåtar.

Klockan närmade sig två på natten. Gustav började känna sig riktigt trött. Han hade nyligen druckit en kopp kaffe och väntade på att effekten skulle kicka in. Något prasslade till ifrån väst. Två spetsiga öron uppenbarade sig snart över ljungbuskarna. Gustav frös till. Var det nu han skulle få ta den där jäkeln? Var det vargen som dödat Cesar? Öronen kom närmre. Det var något som inte stämde. Snart öppnade sig ljungsnåret såpass mycket att han fick en bättre blick på djuret. En räv, förvisso en stor räv men ändå bara en räv. Räven smög försiktigt fram emot surströmmingen. Den såg sig runt omkring och verkade mycket skeptisk. Till sist testade den en bit och började äta. Gustav satt där och funderade på om det var värt att skjuta räven så den inte åt upp all fisk. Men samtidigt kände han att det var onödigt. När räven ätit en hel del fisk ryckte den plötsligen till. Den höjde på huvudet och blickade åt det håll den kommit ifrån. Sen ilade den iväg åt öst. Gustav vände blicken och såg där en varg komma travande i viltstigen. Den stannade upp och blickade efter räven innan den fortsatte. Det var svårt att avgöra om det var den svarta vargen i nattkikaren. När den nådde fram i höjd till där surströmmingen låg stoppad den till och vädrade. Gustav spände bågen. "Skit samma, varg som varg. En död är bättre en än levande" tänkte han. Han siktade in sig. Det var bara tio meter fram till vargen. Den vände snabbt huvudet mot Gustav som tydligen gjort tillräckligt med ljud för att vargen skulle uppfatta honom. Han visste att de var nu eller aldrig så han släppte pilen. För en bråkdel av en sekund släppte han vargen med blicken. Den stegrade sig och kastade sig sedan tillbaka åt det hållet den kommit ifrån. Gustav följde den med blicken så gott de gick tills den försvann bakom ljungen. Blodet rusade genom honom. All kyla han känt tidigare var som bortblåst. Han blev skakig i händerna och kunde inte kontrollera sin andning. Han visste att pilen suttit bra. Eller gjorde den det? En viss ångest kom över honom. Tänk om den inte låg där på andra sida ljungen. Tänk om den fortsatt. Till sist klättrade Gustav ned och gick fram till skottplatsen. Pilen var fullkomligen dränkt i blod och till hans förvåning låg den kvar på marken. En fullträff med genomslag. Han följde stigen och blodet bort åt det håll vargen sprungit. När han kom över en liten höjning i terrängen såg han den. Vargen låg still på sidan.

43

Kapitel 10

Gustav blickade ned på besten framför hans fötter. Han lyste på den med en ficklampa. Vargen var grå med en kraftigt markerad svart rand över ryggen. Den var mycket högre än vad Cesar hade varit men verkade ganska skranglig. Gustav puttade till den lite med foten för att fastställa att den verkligen var död. Den skumpade till men inga tecken på liv. Huvudet på den var kraftig och såg oproportionerligt ut mot den smala kroppen. Gustav tänkte att det nog måste var en fjolårsungen. Han tog tag i den och inspekterade skotthålet i den. Träffen hade suttit rakt bakom skuldran på vargen och rakt ut på andra sidan. Utgångshålet var nästan trekantigt. Bladen på pilen hade utan tvekan gjort sitt jobb. Gustav kollade vargen runt halsen efter en gps-sändare men fann ingen. Han suckade ut och gick och hämtade sin ryggsäck och resten av utrustningen. Han band repet han tidigare använt för att vinscha upp utrustningen i trädet runt halsen på vargen och släpade den med sig in i skogen. I en svacka i skogen bara några hundra meter bort verkade jorden mjuk. Här inne vågade han tända lampan igen. Fältspaden fungerade bra och han grävde ett hål som var strax över metern djupt. Andedräkten bolmade upp framför honom i kylan. Arbete gjorde honom väldigt varm och han tog av sig ned till underställströjan när han grävde. När han var nöjd med hålet slängde han ned vargen och började fylla igen graven. Han var noggrann när han la tillbaka de sista tuvorna så att det inte skulle märkas att han grävt där. Klart att det kunde synas om man letade efter det men annars skulle nog de flesta missa graven. Han borstade av spaden och vek ihop den innan han la tillbaka den i dess påse och sen ned i ryggsäcken. Istället tog han upp en liten flaska med Jägermeister. Det var bara en sup i flaskan. Han skruvade av korken och höjde upp flaskan i luften.

"Om detta skola jag aldrig förtälja!" sa han högt rakt ut i skogen. Gustav svepte flaskan och andades ut i den friska luften. En känsla av något större slog honom, en känsla av att han hade åstadkommit något. En viss högtidskänsla for över honom. Han var inte nervös över att bli tagen av polisen utan det ända han kände var en upprymdhet i sin civila olydnad. Han stod och funderade på det hela en stund. På

Cesar, Garm, Elin, Vanessa och hennes vargkramande vänner på länsstyrelsen. Snart blev det kyligt igen och han plockade med sig sina grejer och återvände till lägret. När han kom tillbaka fick han en känsla av att allt inte var som det varit när han lämnade lägret senast. En obehaglig känsla av att vara iakttagen. Han märkte att tältet inte var helt stängt utan att duken stod och slog lite. Men han såg inga spår av att något varit inne i tältet och innertältet var stängt. Han hade troligtvis bara glömt att stänga. Men det kändes ändå som att det var något som hade honom under uppsikt den natten.

På morgonen åt han frukost, gröt i sedvanlig ordning. Han bröt lägret och packade med sig allt. Skräpet han hade som gick att bränna eldade han upp i brasan som han lagade frukost på. Jaktkläderna la han i påsen som han burit dem i upp på fjället och stängde med en klämma. De skulle tvättas ifall någon misstanke kom mot honom. Han vandrade tillbaka ned samma väg som han gått upp på fjället. Han rundade myren söder om lägret och gick längsmed en grusvägen som lede ned till naturreservatet. Där gick han in på stigen som ledde igenom reservatet ned till bilen. Han slängde in grejerna i kåpan och hoppade in i bilen. Klockan var nu närmare tolv han såg sig själv i spegeln. Det var första människan han sett på nästan två dygn. Han såg lite risig ut och kollade tänderna i spegeln. De såg okej ut. Sedan startade han bilen och åkte iväg från fjället. Han drog upp volymen på stereon och sjöng med i texten till Raubtiers låt samtidigt som han lämnade vändplanen. När han kom hem till Munkedal bar han upp allt till lägenheten. Han diskade allt han hade haft med sig på jakten. Pilen, spaden samt allt han använt vid matlagningen. Han hade en liten toppmatad tvättmaskin i badrummet som han fyllde med de blodig jaktkläderna. Han borstade upp sina kängor och ställde tillbaka allt på sin plats. Därefter tog han en varm och lång dusch och avslutade kvällen med hämtpizza och ett avsnitt med "Hunting with Tanya". Denna gången jagade hon björn i Alaska med pilbåge och lockpipa. "Nästa gång tar jag Garm" tänkte Gustav innan han somnade redan vid niotiden.

Kapitel 11

Det var fredagskväll helgen efter Gustavs vargjakt och inte vilken fredag som helst utan den första april. Det var två timmar kvar till mörkret och vattnet gick upp till midjan på Gustav. Flugan for fram och tillbaka över honom när han svängde spöt i luften. Han fick upp bågen han önskade och släppte iväg flugan långt ut i vattnet. Linan flöt så fint på det nästan spegelblanka vattnet. Han såg i ögonvrån att Leif började veva för full hals längre bort på stranden. Gustav tog det lite lugnt och iakttog fadern vars spö stod böjt och linan spänd.

"Blir det första för i år?" ropade Gustav.

"Jag tror det" svarade Leif. "Den känns tung." De hade redan kastat i en öring som var för kort. Så för att få räknas var de tvungna att vara godkända.

"Det är väl klart att han skall få den första i år med!" ropade Johan. "Det får han ju alltid." Det var tradition i familjen Eriksson att fiska öring den första helgen på säsongen. Gustav gillade fisket. Kanske inte lika mycket som jakt men det var ett bra substitut när jakten var över för året. Öringsfiske var hans favorit strax före att meta makrill. Som vanligt fiskade de längst inne i Saltkällan strax utanför Munkedal. De flugfiskade och gick långt ut i det grunda vattnet med vadarbyxor. De brukade byta efter någon dag till vanligt spinnfiske ute på en udde utanför Örekilsälvens mynning. Förr fiskade de bara öring med spinnspö men när Gustav var runt femton testade de på flugfisket och sedan dess har det blivit allt oftare. Det är dock lite mer väderkänsligt.

Leif vevade för fullt. Gustav såg hur fisken slog mot ytan. Den kämpade hårt men till slut kunde Leif fånga den med håven. Bröderna mötte fadern på stranden. Leif höll upp fisken med bägge händerna.

"Ha, då fick jag årets första, igen!" sa han. Hanns leende var brett. Solen studsade upp från vattnen och det ända som hördes i vårsolen var E6ans vrål långt bakom dem.

"Nej du, inte fören vi har mätt den" sa Johan. Han stegade fram mot Leif med tumstocken i högsta hugg. Det var väldigt tydligt att fisken var godkänd. Den var till och med stor. Men lika väl så mätte Johan den. Leif bara skrattade.

"Ja, då får jag gratulera till fisken" sa Johan. "Den tycker jag att vi sparar så att vi vet att vi får äta något ikväll. Nu får väl du resten av dom och jag går lottlös än en gång." Johan såg på Gustav som bara skrattade åt brodern.

"Grattis farsan" sa Gustav. "Du får ju börja använda krokar när du binder dina flugor brorsan."

"Nä, nu jävlar!" ropade Johan och satte efter Gustav som sprang ett kort varv runt Leif.

"Lugna ned er nu grabbar" sa Leif. "Ni skrämmer fisken. Men jag tror nog att vi gör rätt i att spara denna." Han tog upp kniven och skar fisken vid gälarna och sedan längsmed buken och rensade den. Han sköljde av både fisken och kniven i vattnet innan han la den i en korg på stranden. De vadade ut var för sig och fortsatte fisket.

Efter en halvtimme till med flugfisket så avbröt de och gick upp på stranden. Johan hade haft några drag i flugan men ingen fisk hade fastnat. De skiftade till vanliga byxor och bytte till spinnspön innan de gick bort till älvens mynning. Vattnet var djupare här och de de tog plats på ett par stenar som de brukade stå på. Strömmen susade förbi där den rann ut ur älven. Gustav valde ett litet blankt drag som bara vägde fyra gram. Redan på femte kastet fick han napp. En fin öring på nästan femtio centimeters längd. Den var mindre än den Leif hade fått tidigare men tillsammans så skulle de bli en festmåltid ute på gården. De kastade en stund till men eftersom kvällsmaten redan var bärgad så nöjde de sig efter en halvtimmes spinnfiske. Johan muttrade på vägen tillbaka till bilen.

I enlighet med familjens tradition skulle årets första fångst grillas. Grillen tändes och Leif gjorde i ordning öringarna enligt sitt grillrecept. Han trimma av allt onödigt som huvudet och fenor. Sen la han in en kvist av enebuske i buken på dem och kryddade med citron peppar innan han svepte in dem var för sig i folie och la dem på grillen. Lena kokade potatis som sedan pressades och gjorde en fin dillsås. Anna och Sara hjälpte till att duka bordet i finrummet. Anna hade kommit upp till gården under tiden de var och fiskade. Hon var lång, smal och hade ärvt Lenas blonda hår och ljusa drag.

Hon bar en blå klänning som satt bra på hennes vältränade kropp. Anna såg sig nog själv som familjens svarta får som övergivit dem och flyttat ned till Göteborg. Hon var singel och hennes utbildning skulle vara klar till sommaren. De andra såg henne med helt andra ögon. Systern som lyckats. Hon var inte ens klar med sin Chalmers utbildning men hade redan fått flera jobberbjudande. När fisken var klar bar Leif in den i köket. Johan hade hållit Leif sällskap ute på altanen under grillningen. Gustav passade på att tala lite med Anna. Varje gång de träffades erbjöd Anna Gustav att han kunde få komman ned och bo i stan någon helg. Gustav kände inte mycket för att gå ut på krogarna i Göteborg. Knivvåld och skjutningar om vartannat. Han berättade för Anna om sin utekväll med Elin. När han kom till delen i berättelsen om att hon gått ut med honom av medlidande svarade bara Anna "Där ser du. Knäppgökar finns överallt."

De satte sig till bords och fisken serverades på ett fint fat med grönsaker runt. Gustav tyckte maten luktade ljuvligt och sträckte sig genast efter en bit fisk. Alla utan Johan drack vin till maten. Han fick äran att köra hem Gustav och Sara efter maten så han fick nöja sig med en lättöl. En flaska vitt vin från Tyskland blev det. De åt och skrattade under måltiden. Fisken var utsökt och vinet gjorde inte saken sämre. När de höll på att duka av lyfte Anna två tallrikar som hon började bära ut mot köket. Hon stannade till och såg bort mot bordet och Gustav.

"Vad konstigt det känns att duka av utan Cesar" sa hon. Cesar brukade alltid springa mellan bena när det dukades av. För honom stod avdukningen för rester. "Det måste kännas ensamt i lägenheten. Du skall inte skaffa en ny hund då?"

"Jo, det är rätt ensamt där hemma utan honom" svarade Gustav. "Nej, inte nu i alla fall. Vi får se men det känns så onödigt. Då kommer det väl en varg och tar den med. Eller en bil eller vad fan som helst." Anna gick tillbaka till bordet och ställde ned en av tallrikarna. Hon klappade Gustav i håret och drog ned längsmed hans kind. Hon tog tag i hakan på honom och stirrade honom rakt i ögonen.

"Du låter inte detta påverka dig, skaffa en ny hund" sa hon. "Om du inte vill ha en jakthund till så köp något annat. Eller hämta en omplaceringshund eller nåt. Jag vet ju att du vill ha en, egentligen." Han sänkte blicken och pustade.

"Jo, jag vet det" svarade han. "Men inte nu." Anna tog upp tallriken igen och gick ut med den i köket. Till efterrätt åt de marängsviss. Var det något som aldrig saknades hos familjen Eriksson så var det efterrätt. De gick efter principen "Mer är mer" och när de ätit upp all glass så satt de och flämtade runt bordet. De fick ta det lugnt en stund innan de orkade ur stolarna och kunde åka hem. De skulle träffas i saltkällan redan nästa morgon.

Denna morgonen var vädret inte lika bra. Det var mulet och en bris drog in från Gullmarsfjorden. Vattnet krusade sig runt dem där de satt i båten. Anna var med idag och hon var klädd i en ordentligt jacka från Bergans och ett par rosa friluftsbyxor. De testade att fiska in mot viken från en båt denna morgonen. Leif hade en liten öppen båt med en styrpulpet. Det var trångt men Leif avstod att kasta och de fick det att fungera. Det drog kallt i vinden men humöret var på topp. Anna skämtade med de båda bröderna när hon såg att hon kastade längre än de båda.

"Ha, ni kastar värre än en tjej" sa hon. Hon vevade in malligt. Hennes lina spändes kraftigt och hon började kämpa. Hon vevade så hårt att spöt var böjt som en hästsko. Johan blinkade på ena ögat mot Gustav.

"Det är så man gör" fortsatte Anna medans hon kämpade mot fisken. "Ni trodde att jag glömt hur man gjorde. Men nu ni. Nu får jag första fisken." Nu kunde Gustav inte hålla sig längre utan brast ut i skratt. Samtidigt kom Annas fångst upp ur ytan. En stor ruska med tång. Johan började gapskratta. Johan hade bytt Annas fiskedrag utan att hon märkt det tidigare. Det var ett alldeles för tungt drag och de var helt medvetna om hur de skulle sluta. Anna stirrade på sin fångst och tog den i handen. Hon rensade krokarna och kasta tillbaka tången i vattnet.

"Det var ju moget!" fräste hon. De båda bröderna skrattade ännu mer. Till och med Leif drog på smilbanden. Anna vände sig om och började rota efter ett annat drag i fiskelådan.

"Hm, det här är vad jag får när jag åker med er ut?" hon blängde ilsket på Gustav.

"Kolla inte på mig!" sa han och rykte på axlarna.

"Så det var du?" sa hon och vände blicken mot Johan som bara fortsatte att skratta. De fiskade in mot strandkanten i någon timme men fick ingen fisk. Sedan åkte de in till land och fortsatte att fiska från udden med stenarna där Gustav fått fisk dagen innan. Anna fick en öring som var precis över gränsen för godkänd som hon valde att släppa i igen. De åt lunch hemma på gården och på kvällen åkte de ut igen och fiskade tills skymningen. Göran fick ytterligare en öring och slutligen fick Johan en öring. De släppte tillbaka båda efter att de tagit kort hållandes i dem. De visste att de skulle ha många fler chanser att fånga dem igen innan sommaren kom och gick.

Kapitel 12

Gustav väntade en helg till innan han begav sig till Kroppefjäll igen. Denna gången planerade han att jaga ifrån det andra passet han gjort i ordning. Han hade funnit en annan väg upp på fjället som verkade bättre för att nå fram till passet mellan de två sjöarna. Han körde förbi Högsäter denna gången och svängde av vid en lite kyrka. Han följde skyltarna mot Karolinerleden. En vandringsled som sträckte sig rakt över fjället. En led som sägs ha använts av Karl den XII och hans karoliner på väg till Fredrikstens fästning i Halden där Kungen senare skulle bli skjuten. Leden hade en egen parkering med informationsskyltar och ett gammalt soldattorp strax intill. Det stod redan två bilar parkerade på parkeringen. Det kändes bra för Gustav att parkera på en plats där folk faktiskt räknade med att de kunde finnas bilar. Nu var det dessutom mycket varmare än sist han gett sig ut på fjället. Han plockade ut sin ryggsäck från flaket på Forden och låste bilen. En bom gick över vägen som ledde upp för berget men en stig hade trampats runt dennes ena sida. Han började vandra uppåt. Till en början fortsatte grusvägen men strax blev det en bred och lerig stig. Några dagar tidigare hade det regnat kraftigt och Gustav såg att vattnet runnit i stigen och dragit med sig lera och småsten ned för berget. Han kämpade vidare upp och gick igenom små myrar och planterad skog. Här var fjället inte lika brant som det varit längre söder över där han gått upp sist. När Gustav gått upp över krönet kom han snart till en liten rastplats. En tavla med karta stod bredvid ett gammalt bord med bänkar. Här svängde han av söder över och följde fina stigar genom skogen. Höga raka tallar sträckte sig upp mot skyn. Snart gick han ned i en liten mosse och efter det kom snårskogen. Han sneddade av från stigen och gick längsmed stora Hallesjöns norrsida. Här var det knappt en kilometer kvar till passet. Han valde ut en bra plats intill en bäck och slog upp tältet. Han lagade lite kvällsmat. Soldatens ärtsoppa fick det bli denna kvällen. Det var mulet och tråkigt väder men nästan vindstilla och ljummen temperatur. När han ätit klart packade han med sig det han behövde för att genomföra jakten i ryggsäcken. Han fortsatte sedan bort till platsen som han hade gjort redo sist han var uppe på fjället. Det låg på sydvästra sidan av sjön och denna gången kom Gustav fram till platsen från andra hållet. Han slapp således att klättra över bergskammen igen. Han fann trädet han gjort i ordning och tog med sig den viktiga utrustningen upp. Lite varma kläder, termosen, nattkikaren och bågen. Han spände fast sig med säkerhetsselen och började vänta. Solen sjönk långsamt ned mellan trädtopparna.

Vinden ökade när solen gått ned och svepte genom skogen. Gustav satt och huttrade uppe på sin gren och spanade efter varg. En viltstig lede igenom den öppna ytan med ormbunkar som nu hade börjat växa upp igen. Fjolårets vissna ormbunkar bildade ett buskigt intryck i mörkret. Molnen rörde sig snabbt på himlen och snart var det molnfritt. Månen var inte riktigt full men lyste kraftigt ned i gläntan. Stjärnorna syntes stora här på fjället. Stigen gick framför Gustav upp på bergskammen som skilde de två sjöarna åt väst och in i skogen i öst. Plötsligen hörde Gustav något från bergskammen. Något kom rusandes mot branten. Ut ur mörkret studsade något ned för kullen och in i gläntan. Gustav spände bågen och kollade genom nattkikaren. Rådjuret stannade till mitt i gläntan. Det var en ung bock som höll på att sätta horn. Bocken vände på huvudet och spanade upp mot bergskammen igen innan den studsade vidare.

Garm rusade genom skogen. Flocken var med honom. Mörkret hade fallit. Vittringen av villebråd guidade honom genom skogen. Upp på ett berg mellan två sjöar. Rådjur var det länge sedan han jagade. En av de snabbare fjolårsvalparna var före honom. Hon ville visa honom vad hon gick för. Snart lutade det nedför igen. En glänta nedanför berget. Något kändes fel. En annan vittring eller var det bara en känsla. Den unga tiken rusade ned för berget. Garm stoppade vid branten. Något visslade till. Han såg tiken stanna till och höja huvudet. Det ven till i luften och tiken hoppade till. Det var ett överfall. Människa. Han vände om och flydde.

"Fan, fan, fan" muttrade Gustav. Han satt fortfarande kvar i trädet. En varg hade kommit rusandes ut efter rådjuret. Han hade visslat för att få stopp på den för att kunna skjuta. En skugga hade dragit till sig hans uppmärksamhet samtidigt som han släppte iväg pilen. Vargen han träffade hade krummat ryggen och sprungit iväg genom gläntan. Han vände blicken mot krönet när vargen försvunnit ut ur sikte. Där stod han, Garm, med månen snett bakom sig och ögonen lysande gula som av demonisk eld. Garms päls hade blänkt svart och rufsig i månskenet. Innan Gustav hade lagt en ny pil på strängen var vargen borta. Han satt och tänkte igenom händelseförloppet. Vargen han skjutit hade krummat ryggen och skenat. "Träffen borde då ha suttit lågt och långt bak" tänkte Gustav. "Fan, ett eftersök utan hund och med pilbåge efter ett olovligt djur på annans mark. Dessutom på natten. Hade jag bara väntat så hade jag fått den svarta besten istället. Hunddråparen." Han bet sig lätt i knogen och kikade bort mot där den skjutna vargen tagit sig ut ur gläntan genom nattkikaren.

"Fan" sa han till sig själv igen. Gustav beslutade sig att vänta en halvtimme innan han gav sig ned och efter vargen. Dels ifall Garm kom tillbaka och dels ifall den skjutna vargen lade sig ned så borde den hinna blöda ut något för att göra den mindre flyktbenägen. Efter skottet blev Gustav alldeles varm men med tiden började han frysa. Det började i händerna och fötterna. Sedan kröp det in mot mitten av honom i samma takt som adrenalinet gick ur kroppen på honom. Efter tjugo minuter var han så kall att han började skaka. Han klättrade ned från trädet samtidigt som han svor för sig själv om alla vargjävlar och miljöpartister som höll dem om ryggen. Länsstyrelsen och naturvårdsverket med Vanessa som syndabock i fören. Han väntade innan han gick fram till skottplatsen. Han gjorde några armhävningar för att få upp värmen.

Väl framme vid skottplatsen såg han med glädje pilen. Den stack upp mellan två ormbunkar. En del av honom hoppades på att den skulle vara fri från blod så att han kunde gå tillbaka till tältet och lägga sig utan oro. Men så var det inte. Den var full med blod och något mer. Han luktade på den och ryckte tillbaka huvudet. Den luktade vidrigt. Han tänkte att han måste ha träffat magsäcken eller tarmarna. Han tog med sig pilen och gick ifrån spåret ned till sjön där han tvättade av den så noga han kunde. Sedan gick han upp igen till spår löpan. Han tog med sig all sin utrustning och började följa löpan så gott han kunde. Han höll bågen i vänsterhanden med en pil på strängen samtidigt som han spårade ut i skogen. Till en början var det ganska lätt att hitta blodspår men snart var det som om de försvunnit från marken av sig själv. Flera gånger fick han börja om med spårandet från sista säkra punkten som han sett. Men till slut såg han det som lönlöst och beslutade sig för att återvända så fort det dagas för att lättare kunna se spåren. Han gick tillbaka längsmed stora Hallesjön till sitt läger. Han var noggrann med att stoppa undan bågen och allt annat som kunde tyda på att han hade jagat. Han ställde väckarklockan på mobilen till klockan fem. Det var bara tre timmar kvar tills dess men det var bättre att vara uppe tidigare och hitta vargen innan någon annan gjorde det.

När han vaknade nästa dag var det fortfarande mörkt. Han visste inte vart han var och hade en sprängande huvudvärk som släppte så snart han fick komma till sans och lokalisera sig. Han kokade upp vatten på spritköket och tillsatte kaffepulvret. Han rev tältet och gömde ryggsäcken under en gran. Med sig tog han bara en kikare, kniven och pilbågen. Han var snabbt tillbaka till skottplatsen och började i de första solstrålarna att spåra vargen. Han följde spåren söder ut runt lilla Hallesjön. Blodfläckarna tunnade ut och till slut gick han nästan bara på intuition. Här och var ett tassavtryck i en mossa eller en droppe blod i lingon riset. Spåret rundade sjön och började gå åt väst. Han fann snart inga mer spår. Gick tillbaka till de sista spåren och försökte igen men förgäves. Han provade att gå i den riktning som han tyckte att vargen borde gå men fann inga nya spår. Klockan visade att den var sju. En stress började bygga upp sig inom honom. Tänk om någon skulle komma gåendes när han kom springandes genom skogen klädd i kamouflagekläder med en pilbåge i händerna. Han fick kalla fötter och återvände till lägerplatsen. Gustav beslutade sig för att ta det säkra före det osäkra och packade ihop allt. Klockan åtta begav Gustav sig ned mot bilen igen. Han gick mestadels i skogen istället för på stigen men i branten ned från fjället var han tvungen att gå på Karolinerleden. Han skyndade sig ned. Strax hörde han röster längre fram. Han vek av vägen och gömde sig. Två unga vandrare passerade ute på leden. Klockan tio var han nere vid bilen. Det var ingen annan på parkeringen så han slängde in ryggan och åkte hemåt. När han kom ut på 172an pustade han ut och satte igång radion. Hemma plockade han ordning på sin prylar och tog en tupplur på en timme eller två.

Kapitel 13

Lars lutade sig ut över vargen. Han drog handen genom sitt blonda hår innan han tog på sig polishatten igen och reste sig upp.

"När hittade du den?" frågade Lars. Han vände blicken mot mannen aom stod berdvid honom. En bonde i sextioårsåldern. Klädd i en motoroverall som tidigare varit ljusblå men som nu nästan var ljusgrå. En kraftigt solblekt och urtvättad reklamkeps från Odal. Han hade grått hår som tunnat ut rejält. Bonden tvingades att titta uppåt på Lars för att kunna se honom i ögonen. Polisen som tidigare arbetat för Göteborgs piketen gav ett kraftigt intryck.

"Jo, jag kom körandes här med traktorn på morgon kvisten" svarade bonden. " Jag såg att det satt en korp här på björken och en till hoppade på marken. Det var då jag såg den. Jag kollade på klockan och hoppade ur traktorn. Hon var noll åtta femton." Mannen tog av sig kepsen och satte armarna mot höfterna. "Jag har ju börjat ha med mig den där satans telefonen så jag ringde direkt. Man vill ju inte ha någon död varg liggande på sin mark inte." Lars drog upp ärmen på sin jacka och kollade klockan. Kvart i två. Vargen låg i slänten mot en bäck som rann längsmed en smal grusväg. Ett gammalt kvarnhus låg strax intill med en damm som var fylld till brädden. Det forsade vatten ned vid sidan av dammen och under kvarnhuset som var målat rött. Några bostadshus låg strax intill på andra sidan vägen. Platsen låg mellan Kroppefjäll och 172an, söder om Järbo men norr om Högsäter.

"Okej, jag tror det var allt" sa Lars. "Du kan lämna dina kontakt uppgifter till inspektör Jansson där borta." Han pekade med hela handen bort mot polisbilen en kortare polisman med mörkt hår som stod framför en av polisbilarna som blockerade vägen. Inspektören var i full fart med att fråga ut en av grannarna, en medelålders kvinna med rödlätt hår och lättare övervikt. Bonden nickade till och lämnade Lars som genast böjde sig ned över vargen igen. Lars tog på sig ett par blåa plasthandskar och tog tag i vargen. Han såg ingångshålet i sidan på den men tyckte att det såg ovanligt brett ut. Lars lyfte lite lätt och kollade utgångshålet. Det satt längre ned och hade nästan spillt ut maginnehållet. En bil kom körandes på grusvägen och Lars såg upp mot den stora svarta BMW suven som svängde in framför en av polisbilarna. Ut hoppade en smal blond tjej i trettiofemårsåldern. Hon bar en höstgul fjällräven jacka och lyfte med sig en liten ryggsäck av samma märke. Hon gick fram till inspektör Jansson som pekade vidare mot Lars och vargen.

Vanessa gick bort över en liten gräsplätt och ned mot bäcken. Vattnet porlade ifrån en gammal kvarndamm intill. Hon såg vargen från vägen och en lång blond polisman med breda axlar. Karln reste sig när hon kom närmare. Han tog av sig en blå plasthandske från sin högerhand och sträckte fram den mot Vanessa.

"Kommissarie Lars Ljunggren från Uddevalla polisen" sa han. Han var klädd i uniform och hans handslag var fast och bestämt.

"Vanessa Sterling från rovdjursförvaltningen" svarade Vanessa. "Vad har vi här då?"

"Jo, klockan kvart över åtta i på morgonen fick vi en rapport om en påträffad död varg" började Lars. "Vi anlände hit vid ett tiden och har fotograferat av området, sökt efter bevis och förhört grannar. Vargen har blivit skjuten i mitten av buken till sist hamnat här. Vi är säkra på att detta inte är skottplatsen utan själva brottet skett på någon annan plats." Vanessa vände blicken upp emot Kroppefjäll som tornade upp sig bakom dem.

"Lycka till med att hitta den" sa hon och pekade upp mot den stora skogbeklädda kullen bakom dem. "Något mer?"

"Det påträffade djuret rapporterades in av Jens Isaksson, en lantbrukare som äger marken här omkring" svarade Lars. "Jag var precis på väg att börja undersöka skotthålet på vargen innan du kom."

"Får jag ta några bilder först" Vanessa började plocka fram systemkameran ur sin ryggsäck innan kommissarien hann svara. Han nickade. Sedan tog hon några kort på vargen där den låg. Vargen var ljus undertill och hade en svart rand över ryggen. Ganska mager. Vanessa visste att Garms efterkomma ofta hade mörkare drag upptill och att alfatiken, Irja, på fjället var väldigt ljus. Så hon drog slutsatsen att det borde vara en av deras valpar från ifjol eller året innan.

Sedan tog hon på sig gummihandskar och la kameran på ryggsäcken. Kommissarien drog på sig sin högra handske igen. "Så skall vi börja?" frågade Vanessa. Lars såg lite förvånat på henne men förstod att hon ville vara med och kolla igenom vargen. De började med att kolla ingångshålet. Vanessa drog isär pälsen runt hålet. Ingångshålet var grovt men något stämde inte med det. Lars pekade med en penna på tre märken runt hålet. Det var som om något trubbigt hade pressat sig igenom huden med perfekt avstånd runt om själva skottet. Tre små klackar. Sedan välte de över vargen och tog sig en bättre blick på utgångshålet. Det var stort och några tarmar låg på utsidan. Någon av dem såg ut att vara avskuret som av en kniv. De såg på varandra. Vanessa tog tag i pälsen runt hålet och vek ihop det. Till deras förvåning var hålet helt triangulärt. En spets hade gjort ett hål i mitten och vad som såg ut som tre skarpa blad hade skurit upp skinnet inifrån. Vanessa satt och såg koncentrerad ut men kunde inte förstå vad som gjort denna skadan.

"Det måste ha varit en pil" sa kommissarien. "De finns olika modeller som fäller ut blad när de träffar sitt mål. Förövaren måste ha använt sig av en pilbåge eller ett armborst. Kanske en harpun." Vanessa suckade ut.

"Ja, det kan det nog vara" sa hon. "Jag har aldrig sett något liknande. Men vart får man såna grejor ifrån då? Är inte det olagligt att jaga med båge i Sverige?"

"Jo, det är olagligt men det är det också att jaga varg, inte sant?" svarade Lars. "Armborst är licenspliktiga men bågar är lagligt att köpa. Nya moderna så kallade compoundbågar är träffsäkra och kraftiga nog att fälla i stort sett vilket djur som helst. De går att köpa på hobbyaffärer och lite var som helst. Sen är frågan hur många ställen som säljer de här utvecklade pilarna som fäller ut sig själva."

"Ah, det här har jag ingen aning om men att komma så nära en varg att man kan skjuta den med en pilbåge känns svårt" sa Vanessa. "Hur tror du någon skulle lyckas med det? När vi söver vargar så har vi först en inventering och span på var de håller hus. Det är inte helt ovanligt att vi använder helikopter för att få tag i dem." Lars ryckte på axlarna.

"Jag är ingen expert på jakt men det kan ha att göra med flera gärningsmän" sa han. "Någon eller några som driver och flera skyttar. Vi får undersöka saken. Men en sak är säker. Ju fler som är inblandade i detta ju lättare hittar vi gärningsmännen."

"Ja, kanske men jag har för mig att man främst smyg eller vakjagar med båge" svarade Vanessa. "Man borde ju vilja ha ett lugnt skott." De båda nickade. Efter att de undersökt djuret på plats lastade de vargen i Vanessas bil efter att hon hade lagt ute en presenning som skydd för bilen. Hon tog med sig vargen till labbet.

Kapitel 14

På måndagen efter det att Gustav skadeskjutit vargen kom han till jobbet precis i tid. Han stressade sig igenom omklädningsrummet och kom ut i verkstaden samtidigt som Lasse körde in en röd BMW 320. "Bromsskivorna måste bytas" sa Lasse. Han klev ur den låga bilen med problem. Lasses mage skumpade när han sträckte på sig. "Kolla så att det inte är något annat fel på den. Den skall besiktigas imorgon." Han slängde nyckeln till Gustav medans han gick förbi honom på väg mot sitt kontor. Gustav nickade till svar höjde upp bilen i luften med saxlyften. Rodovan stod lutad ned i motorhuven på en Mercedes strax intill. En gammal silvrig Mercedes med rostfläckar. Han kickade upp mot Gustav samtidigt som Gustav lyfte av det första däcket på BMW´n.

"Tja, vad har du gjort i helgen då?" frågade Rodovan.

"Äh, jag tog en liten vandringstur på fredag till lördag och sen fiskade jag på söndagen" svarade Gustav. "Du då?" Rodovan skakade på huvudet och fokuserade på något i motorhuven.

"Att du orkar" sa han. "Du får aldrig någon tjej om du skall hålla på och springa runt i skogen och fiska och jaga och sånt. Du måste lära dig att ta det lugnt. Hänga med mig på krogen, träffa tjejer. Du skulle ha sett den där ena jag hängde med i helgen."

Rodovan såg åter igen upp mot Gustav och förde sina fingertoppar mot munnen och pussade mot dem och gestikulerade ut ifrån sig med handen.

"Så snygga alltså?" svarade Gustav. "När skall du skaffa dig en som du behåller då?"

"Nej nej, det är inte det det handlar om" svarade Rodovan. "Det är precis som med dig. Det är jakten det handlar om. Bara att du sitter ute i en skog och fryser medans jag är inomhus i värmen och jagar. Du vill ha en bäver med stor fin päls men jag vill ha en pälslös." Han slog ut med armarna åt sidorna. De båda skrattade. Gustav lossade på en bult till bromsskivan.

"Ja, smaken är som baken" svarade han. "Jag tror jag hellre jagar i skogen än på de där falska stadsjejerna. Det känns mer ärligt. Vart var du nu då?"

"Jag var i Uddevalla på den där nya krogen" Rodovans leende var brett. "Jag skall visa dig ett kort sen. Hon var helt sjuk. Hon dansade som, som, jag vet inte vad. Hon i Dirty dancing var inget mot denna." Gustav ryckte loss den gamla bromsskivan och började montera den nya.

"Fick du till det då?" frågade Gustav.

"Nej, vad kan jag säga" sa Rodovan. "En sån som henne kräver lite mer jobb och det är hon nog värd. Men jag fick hennes nummer. Hon kanske har en vän till dig. Jag skall höra med henne. Så kan vi gå på dubbel dejt" Gustav bara skrattade till svars och monterade färdigt bromsskivan.

På frukostrasten satte sig Gustav och Rodovan i fikarummet och tog var sin kopp kaffe. Rodovan visade bilden på tjejen han träffat på lördagen. En brunett men ett sött ansikte och klänning på sig. Gustav nickade och tog tag i tidningen som låg på bordet, Bohusläningen. En tidning som har sitt huvudsäte i Uddevalla och som bevakar händelser i Bohuslän och Dalsland. Rodovan satt och fipplade med telefonen med ett stort leende på läpparna. Gustav bläddrade långsamt igenom tidningen. Han kom till Dalslandssidan och kände hur hjärtat studsade runt i kroppen på honom. En bild på en död varg med rubriken "Död varg påträffad i Järbo". Gustav slängde en blick mot Rodovan och såg att han var helt inne i en konversation via messenger med tjejen han träffat i helgen. Sedan läste Gustav hela artikeln.

"Död varg påträffad i Järbo. På söndagsmorgonen mellan Högsäter och Järbo påträffade man en död varg i närheten av bebyggelsen. Markägaren, Jens, fann vargen klockan kvart över åtta liggandes strax intill vägen vid en gammal kvarn. Jens ringde genast polisen som kom till platsen först vid ett tiden på eftermiddagen. Rovdjursspecialist Vanessa Sterling från länsstyrelsens rovdjursförvaltning tror att det handlar om en varg från Kroppefjällsreviret. "Jag tror att det handlar om en fjolårsvalp ifrån reviret. Vi vet att det föddes flertalet valpar där ifjol och denna tiken har klara tecken som antyder att det borde vara en av dessa." sa Vanessa till vår reporter. Kommissarie Ljunggren vid Uddevalla polisen gjorde följande utlåtande: "Vi misstänker att det rör sig om ett grovt jaktbrott och letar i nuläget efter skottplatsen. Om någon har sett något misstänkt i området under helgen så tar vi gärna emot tips från allmänheten."

Gustav visste inte vad han skulle göra. Han hade hoppats att vargen fallit död uppe i någon myr uppe på fjället och att ingen skulle hitta den på länge. "Fan" tänkte han. Han funderade på vad han skulle göra nu. Om han skulle kommentera det hela för Rodovan eller bara bläddra vidare som om inget. Han valde det senare och när han bläddrat igenom hela tidningen la han tillbaka den på bordet. Han hade en klump i magen hela dagen. "Hur fan kunde den ta sig så långt? Någon borde ju ha hittat den på lördagen? Undra om någon lagt märke till min bil?" frågorna var många. En sak han bestämde sig för var att göra sig av med vissa bevis samt att lunga sig med vargjagandet ett tag. Trotts klumpen i magen försökte han att verka som normalt. Rodovan och Lasse verkade inte märka något. När han kom hem la han sig en stund på soffan för att lugna sina tankar sedan plockade han fram sin pilbåge och pilarna. Han diskade och tvättade av allt noggrant och tog av jaktspetsarna. Istället satte han på tavelspetsarna på pilarna och slängde jaktspetsarna i skräpet. Han bar ut skräpet och slängde den i grannhusets container. Sedan tog han sig en dusch. Han hade gjort det han kunde och försökte lugna ned sig. Han började laga mat. Toast med ost, skinka, tomat och peppar fick det bli. Någon knackade på dörren.

Leif gick rakt in i lägenheten när Gustav öppnat dörren. Han tog inte av sig skorna utan gick rakt in i Gustavs vardagsrum. Han såg barskt på Gustav när han klev förbi honom i dörren. Han var klädd i sin skinnjacka som han nästan bara använde när han åkte till stan eller på semestrar.
"Sätt dig ner!" sa Leif. Gustav satte sig på soffan och kollade på fadern. Det var ovanligt att föräldrarna hälsade på hos Gustav men då de gjorde det hörde de oftast av sig innan. Leif öppnade jackan och plockade fram Bohusläningen ur innerfickan. Han rullade ut den och slängde den på bordet framför Gustav. Den var redan uppslagen på sidan med den döda vargen.
"Vet du något om det där?" sa Leif med en viss begränsning på sin röst. Som om han

ville skälla på Gustav men utan att grannarna skulle höra något. Gustav kikade på tidningen.

"Jag läste artikeln på frukostrasten" sa han. Leif vankade av och an. Han tog av sig sin keps.

"Du har vandrat lite väl mycket på fjället sista tiden för att jag skall tro det fullt ut" sa Leif. "Jag antar att bågen inte var menad för någon resejakt. Tyst och effektiv. Är du ute efter den där dumma, svarta vargen som tog Cesar?" Gustav kände sig mållös. Han sträckte på sig i soffan och såg upp mot sin far.

"Vilka anklagelser du kommer med, pappa" svarade Gustav. "Jag antog att jag var mer värd än så i dina ögon?" Deras blickar möttes. Gustav ville flacka undan men för att stå på sig tvingade han sig att behålla ögonkontakten. "Fan, är det så genomskinligt" tänkte Gustav. "Då lär polisen komma knackande när som helst." Leif bröt ögonkontakten. Han slog ut med händerna och fortsatte att vanka av och an.

"Du, Johan och Anna är värda allt för mig och mamma, det vet du" svarade Leif. "Därför vill jag inte att du gör något dumt." Gustav skakade på huvudet.

"Nä, det vet jag väl" sa Gustav. Hans blick föll ned till bordet. Leif slutade vanka och stannade rakt framför Gustav.

"Du vet det blir ju fängelse om man blir påkommen med att ha jagat varg" sa Leif. "Sen kan man ju glömma jaktkort och vapenlicenser i alla fall tio år. Kanske längre."

"Ja, det vet jag" sa Gustav. Han sökte åter kontakt med faderns ögon. I det ögonblicket beslutade han sig för att inte berätta för fadern om vad han hade gjort utan istället neka allt.

"Om det var du så kan jag förstå det" sa Leif. "Vi alla tyckte om Cesar och ni två hade ju ett alldeles speciellt band. Det vore inte konstigt om du ville ge igen."

"Nej, fan ta alla vargar men det var inte jag" sa han. Gustavs blick blev hård som is. Leif nickade.

"Nähä, vad bra" sa Leif. "Oavsett om någon dödar den där svarta vargen så kan du aldrig få tillbaka Cesar."

"Jag vet det" svarade Gustav med en suck. "Men det betyder inte att jag inte får sakna honom."

"Givetvis inte" sa Leif. "Oavsett vem som är i farten och skjuter vargar på Kroppefjäll så hoppas jag att han tar det lugnt ett tag. Det kommer svärma av poliser och folk ifrån naturvårdsverket och länsstyrelsen där uppe i månader. Du vet det men en död varg lägger de nästan mer pengar på än en skjuten människa i det här landet." Leif tog tidningen från bordet och rullade ihop den igen. Han stoppade ned den i innerfickan och gav sig av med de orden.

Gustav satt kvar i soffan och funderade på hur han skulle göra nu. Han funderade på om det var någon anledning att åka tillbaka till fjället och rensa bort de båda passen han hade gjort. Han hade ju egentligen bara spikat fast en grov gren uppe i ett träd och huggit av lite grenar på två platser på hela fjället. Även om de fann passen så borde det inte finnas något där som de kunde knyta till honom. Det hade redan regnat sedan jakten så det borde vara svårt att finna något alls där uppe. Han beslutade sig att inte åka dit och göra något åt det. Risken för att bli upptäckt var nog större än att de skulle kunna binda något till honom. Tältplatserna låg dessutom långt ifrån skottplatserna och den första fällda vargen låg långt bort ifrån dem med. Ifall de skulle finna den med. Han la sig i soffan och funderade på om någon kanske hade lagt märke till hans bil. Någon som kanske skulle ringa polisen. Det gjorde honom nervös så han beslutade sig om att försöka släppa alla tankar som gick åt det hållet. Det var hur som helst inget han kunde påverka. Han kom fram till om han blev uppringd av polisen endast skulle svara med att han hade varit och vandrat på fjället. Han la till och med upp en tänkbar vandringstur som han skulle säga att han tagit. Efter en lång tid av funderande så slog han på datorn och kopplade på den på tv:n. Han satte igång ett avsnitt med "Hunting with Tanya" och låg där i sin ensamhet. Denna gången jagade hon puma med båge och hundar. Hundar som släpptes på färska spår och som fick katten att gå upp i träden där hon sedan kunde skjuta dem. Lite tvärt om mot vad bågjakt brukar vara men tydligen effektivt. Han gick och la sig efter avsnittet men hade svårt att somna. Han såg de gula ögonen stirra på honom över bergskrönet. Garms svarta ragg var rest och spretig. Det var inte långt ifrån att han hade fått besten sist och han visste att om han bara fortsatte så skulle chansen komma igen.

Kapitel 15

"Kommissarie Ljunggren" svarade Lars.

"Hej, det här var Vanessa från rovdjursförvaltning i Vänersborg" sa Vanessa igenom telefonen. Lars lutade sig tillbaka i stolen. Han satt i sitt kontor på tredje våningen i polishuset i Uddevalla. Kontoret var sterilt inrett med en bokhylla fylld med pärmar och ett skrivbord. Det enda som bröt av den tråkiga tjänstemans känslan var ett kort på hans fru Therese och sonen Isak. Han hade utsikt ut över Margretegärdeparken som låg framför polishuset.

"Hej" svarade Lars. "Har du fått rapporten från labbet än?"

"Ja, det har jag" sa Vanessa. "Det visade sig att jag hade rätt i mitt antagande om att det var en av Kroppefjälls vargarna. Det var en tik som var dryga året gammal. Den hade slit skador på tassarnas ovansidor som tyder på att den rört sig långt utan att riktigt orkat lyfta ordentligt på tassarna. De tror att döden inträffade på lördagskvällen eller på första hälften av natten till söndagen." Det blev en liten konstpaus medans Vanessa scrollade igenom rapporten på datorn. "De tror att vargen skjutits någonstans mellan åtta tiden på kvällen på fredagen och åtta på morgonen på lördagen."

"Så det ger oss ett tolvtimmars fönster där förövaren kan ha skjutit vargen?" sa Lars. "Kan de inte specificera det mer. Det underlättar ju inte att ha ett brett tidsspann på det här."

"Jag talade med dem om det personligen och de sa att tiden var mycket svår att avgöra såpass långt efteråt och dessutom med tanke på att djuret rört sig en bra bit innan den föll" sa Vanessa. "Men de sa också att det är mest troligt att skottillfället var närmare mitten av tidsspannet."

"Du menar att de troligtvis har skjutit vargen mitt i mörkaste natten?" frågade Lars. "Då måste de ju ha använt någon form av belysning."

"Ja, det tror jag" svarade Vanessa. "En vanlig strategi är att helt enkelt ha en ljus bakgrund att skjuta mot. Typ snö eller hösilage balar eller liknande men vargen är ett ganska skyggt djur så jag vet inte hur det hade funkat på varg."

"Skytten skulle också kunna ha använt sig av någon form av belysning tänker jag" sa

Lars. "Typ en lampa eller någon form av nattsikte eller kanske till och med termiskt sikte."

"Ja, det där har jag ingen större koll på men om de har använt en lampa så är det nog en med grönt ljus för att inte störa vargen" sa Vanessa. "Dessutom kan man nog tänka sig att den som har gjort detta inte var så intresserad av att tända upp stora lampor med vitt ljus på fjället på natten."

"Nej, det tror inte jag heller" svarade Lars. "Men man kan ju alltid göra en allmän förfrågan om någon sett ljussken på fjället på natten. Jag har tittat lite närmare på båg och armborstjakt och det verkar som om man kan använda flera olika typen av sikten och hjälpmedel. Jaja, nog med det. Vad stod det mer i rapporten?"

Lars tittade ut genom fönstret ned mot parken. En stor skara med gymnasieelever var på väg igenom parken ned mot centrum.

"Skottskadan var som vi trodde, gjort av en pil" sa Vanessa. "De fann rester av rostfritt stål och en O-ring i plast som används till spetsar med rörliga delar. De har gjort tester och kommit fram till att det borde varit en trebladig spets av märket Rage som använts. Det skulle även kunna vara en kopia. Även små spår av kolfiber och gummi förekom i skotthålet."

"Vad bra!" svarade Lars. "Då har vi ju något att jobba med. Har de kommit fram till något mer?"

"De har räknat ut den sträcka som borde ligga som tak för över hur långt djuret borde kunnat röra sig ifrån skottplatsen" sa Vanessa. "Jag har gjort en karta som har ritat in en cirkel med avståndet som radie för att få fram ett mer begränsat område där skottplatsen borde vara. Eftersom det verkar som om vargen kommit från fjället så minskar även sökområdet betydligt. På kartan har jag markerat ut platser där vi tidigare påträffat varg vid våra inventeringar, syn observationer och spår."

"Oj, det var flitigt" sa Lars. "Skickar du rapporten och kartan till mig via mejla. Jag har redan låtit några söka igenom några delar av fjället men vi har inte hittat något än."

"Tack, jag har jobbat med vargarna runt fjället i snart fem år och tycker inte det är roligt att få dem dödade av några arga jägare" svarade Vanessa. "Så allt jag kan göra för att hjälpa dig att ta fast skurkarna känns bra för mig. Jag skickar rapporten och kartan. Min plan är att ansöka om att göra en ny inventering av vargarna för att fastställa att inte fler skjutits. Det tar drygt en månad men jag vill inte påbörja innan ni är klara med vad ni skall göra på fjället. Hör gärna av dig med hur det går för er och om ni kommer fram till något. Om jag ser eller hör något så meddelar jag dig." De tackade varandra och la på.

Strax därpå plingade det till i Lars dator. Två mejl från Vanessa Stirling. Det ena innehöll rapporten och var ett väldigt välformulerat mejl. Det andra innehöll kartan vars text var mer spretigt skrivet. En cirkel var kraftigt utmärkt på kartan och ett flertal siffror var utsatta över den. Till siffrorna stod det en sammanfattning om vad för typ av iakttagelser som skett på platsen och hur gamla de var. De flesta iakttagelserna var ganska nya och i samband med den senaste inventeringen. Till kartan hade även Vanessa skickat med bilder på flocken och olika vargar från deras olika övervakningskameror. Kommissarien satte sig och gick grundligt igenom rapporten. Sedan gick han snabbt igenom Vanessas karta och beslutade sig för att söka igenom fem platser redan nästa dag. Han ringde de samtal han behövde för att få ihop de poliser och civilanställda han behövde för att göra genomsökningen. Därefter gick han igenom Vanessas karta mer grundligt. Han tog med sig datorn hem från jobbet och satt på kvällen och försökte lägga upp en mer noggrann plan över hur genomsökandet skulle gå till. Vid sju tiden på kvällen knackade Therese på dörren. Han var nästan klar med planeringen. Han hade inrett ett lite hemma kontor i ett gammalt förråd som låg precis utanför ytterdörren till deras radhus.

"Ja!" ropade han. Therese öppnade dörren och kikade in på honom där han satt i mörkret framför datorn.

"Maten är klar om en kvart" sa hon. "Är du inte klar snart så du kan komma in och umgås lite med oss." Lars nickade och log mot sin hustru.

"Ja, jag är klar alldeles snart" svarade han. Hon nickade och sa "Okej" och gick ut igen. Ett par minuter senare var han klar och slog igen datorn och gick in.

Kapitel 16

Lars klev ur bilen. Han bar uniform och grova kängor. Parkeringsplanen var blöt och lerig på sina ställen. Ett par av polisens tält hade redan börjat resas. Fler bilar anlände allt eftersom. Han var på Karolinerledens parkering inte långt ifrån Järbo. Med bilen var det bara fem minuter till där vargen hade hittats. Han gick bort mot ett av tälten. En kaffebryggare stod och puttrade där inne och två poliser var i full fart med att ställa upp några bord. Detta var tänkt att användas som sambandscentral för dagens operation. Klockan var inte ens sex på morgonen men gryningsljuset var redan starkt. Lars mötte upp med de tre gruppcheferna som skulle leda patrullerna under dagen. Inspektör Jansson var en av dem och två något yngre poliser. Jansson var av den sortens polis som hade en skarp blick och var tystlåten. Lars räckte dem var sin karta och gav dem en lättare orientering om hur han ville att det hela skulle gå till. När de var klara lämnade de tältet. Nu stod det en uppsjö av människor ute på den grusade parkeringsplatsen. Tekniker, hundförare, poliser och en liten lobby med civilanställda som skulle hjälpa till i sökandet. Lars gjorde en busvissling för att få allas uppmärksamhet.

"Jag utgår från att alla som skall vara här är här" sa han ut till folkmassan. "Idag har vi ett stort och lite tungrott arbete framför oss. Tanken är att vi skall gå igenom delar av fjället för att se om vi kan hitta något som kan hjälpa till i utredningen om vargen som påträffades död en bit härifrån. Vi har redan försökt att spåra vargen i dennes bakspår men det kom vi inte långt med. Jag har fått hjälp av länsstyrelsen att ta fram en karta och en analys om var skottplatsen skulle kunna vara. Jag har redan givit instruktioner till era lagbaser om vart jag vill att ni skall söka." De flesta i folkmassan stod och huttrade medans de lyssnade. Lars fortsatte "Ni kommer successivt att söka av område efter område. Jag vill att ni har med er blicken åt alla håll. Enligt obduktionen skall vargen ha skjutits med en nedåt vinkel och troligtvis med en pil och inte ett gevär. Jag kommer att röra mig mellan stabstältet och grupperna. Så ser ni något misstänkt hör av er. Ni har redan blivit indelade i grupper så efter detta kan ni samlas med era gruppchefer. Kom ihåg att terrängen är både jobbig och farlig så ta vara på er därute."

Efter att grupperna givit sig av ut i vildmarken gick Lars in i stabstältet igen. Hans assistent Mikaela var i fullfart med att göra i ordning det sista i sambandscentralen. Ytterligare två poliser satt där som hökar över radioutrustningen. Lars gick bort till kaffebryggaren och ställde upp en pappmugg. Han vände sig om och slängde en blick mot Mikaela. Hon hade alltid sitt mörka hår i en fläta i nacken och uniformen prydligt på plats. Hon var i trettioårsåldern och i god form.

"Blom, skall du ha en kopp?" ropade Lars. Mikaela kikade upp mot kommissarien och nickade till svars. Han ställde upp en kopp till och hällde upp kaffe i de båda. Han gick bort till ett bord som stod vid en anslagstavla med en karta över området hängandes på och ställde ned kopparna. Mikaela gick bort till honom och tog den ena koppen. Lars stirrade på kartan.

"Du vet väl att chansen för att vi hittar något nu är minimal?" sa Mikaela. Det var redan torsdag.

"Ja, jag vet väl det men om vi bara hittar något" sa Lars. "Bara en möjlig skottplats eller vad som helst. Vi har ju inte fått in några tips?"

"Hur länge kommer vi att söka om vi inte hittar något idag då?" sa Mikaela. "Känns ju som att vi lägger väldigt mycket resurser på att hitta någon som har skjutit en varg." Lars vände blicken och tog ögonkontakt med Mikaela.

"Ja, det är mycket resurser att lägga på en varg men det är ett prioriterat brott" sa han. "Regeringen vill inte att folk skall tro att man kommer undan med att tjuvjaga varg bara för att brotten oftast sker i ödemarken. Oftast brukar man väl få dem som utför sådant här på tips eller liknande. Hittar vi inget idag så kommer vi nog inte söka här uppe så mycket till."

"Känns fortfarande lite konstig att lägga så mycket resurser på en varg" sa hon.

"Vem vet, det kanske ligger fler döda vargar där uppe" sa Lars

En timme gick utan att det hände särskilt mycket. Sedan började de få in rapporter. Område efter område söktes av. Lars gjorde ett par besök ut till grupperna som var närmast. Än så länge var de bara uppe i sluttningarna till fjället. Terrängen var bedrövlig. Här och var fann man vargspår men det var inget som tydde på att de hade med incidenten att göra. Vid lunchtid så kallade Lars ned alla från berget. Han hade låtit köra mat till sambandscentral så att alla fick i sig ett gott mål mat. Det var ju trots allt torsdag så det serverades ärtsoppa med pannkakor. Lars fick en förnimmelse från sin värnplikt. Det var en gråmulen dag men framåt när det var dags att ta sig upp i fjället igen så sprack det upp och blev riktigt fint väder.

Vid två tiden fick de in en rapport uppe från fjället. Ett misstänkt jakttorn. Mellan stora och lilla Hallesjön. En väg gick upp till sjöarna så Mikaela och Lars åkte upp dit. De fick köra en lång omväg men på detta sättet kunde de få med sig mer utrustning till de på fjället. De klev ur bilen på en vändplan. Inspektör Jansson mötte dem där och visade dem runt stora Hallesjön till den troliga skottplatsen. Det märktes fort när de gick igenom skogen att Mikaela inte var en van friluftskvinna då hon snubblade till rätt som det var och muttrade. Väl framme vi platsen öppnades en liten glänta med gamla ormbunkar. En stig gick tvärs igenom gläntan och fortsatte upp på en bergskam på andra sidan. Mellan träden på båda sidor syntes sjöarna.

"Där uppe" sa Jansson och pekade med hela handen på en stor och krokig tall. "Det sitter en tjock gren fastspikade med några stora spikar en bit upp där. Dessutom.." Lars avbröt honom med att höja handen.

"Jag vill bilda mig min egna uppfattning" sa han och gick fram till tallen. Han blickade upp i trädet längsmed stammen. Solen lyste starkt över fjället. En bris drog in och fick grenarna att svaja. Det var ganska tydliga märken på trädet där skytten hade klättrat upp. Lars tog tag i en gren och började klättra. Det var tyngre än han väntat sig men till slut var han uppe. Han inspekterade den tjocka grenen som spikats fast där uppe. Han klättrade upp och ställde sig på den och märkte genast att han fick en bra plats att sitta på en gren som gick ut från stammen. Han synade allt noga och märkte att ett rep hade varit lindat runt stammen en bit upp. Han blickade ut i gläntan och såg assistent Blom och inspektör Jansson stå där och titta på honom. Han såg också att ett flertal grenar hade röjts ur vägen så han hade god sikt ut i gläntan. Stigen

70

som ledde upp mot den lilla bergskammen som skilde de två sjöarna syntes tydligt och verkade löpa ut rakt framför passet.

"Du borde inte vara där uppe utan en sele" ropade inspektören. Lars ignorerade det fullkomligt.

"Han måste ha stått här" sa Lars så högt att de båda på backen hörde. "Så borde vargen ha följt stigen. Finns det indikationer på att något skjutits här?"

"Vi har funnit päls i gräset här borta" sa Jansson. "Teknikerna har samlat ihop en del som skall med till labbet." Jansson gick bort några meter ut i gläntan och pekade på marken. Kommissarien fick ett stort leende på läpparna.

"Det här måste vara skottplatsen" sa Lars. "Han måste ha stått här jag står nu. En sele fastspänd runt stammen här uppe och fri sikt mot dig där borta." Han pekade med hela handen mot Jansson. "Ingångshålet på vargen var på vargens högra sida så den måste ha kommit från kullen. Sen borde den ha fortsatt ner runt sjön och till sist sprungit ned för fjället." Lars började klättra ned. Han var en stark man men han var inte lika smidig som han en gång varit. Han slog i höften med en lätt smäll när han svingade sig ned från sista grenen.

"Hur gick det?" frågade Mikaela. Lars viftade bort det med handen.

"Äh, det var inget" ljög han medans han egentligen fick ganska ont. Han stegade bort till platsen där de funnit pälsen. Ett rött snöre låg i en rund ring.

"Vad sa tekniska?" han vände blicken och såg Jansson rakt i ögonen.

"De fann spår av blod på marken under här" sa inspektören. "Men det är inget man ser med ögat nu. Sen har de säkrat fibrer från tyg på trädet. Även gummi från typ en skosula på några av grenarna."

"Bra!" sa Lars. "Jag vill att tekniska sveper skogen i riktningen ned runt sjön. Den måste ha vänt åt väst för att komma ned dit den låg. Jag vill även att de går över kullen här."

"Jag satte dem på att genomsöka skogen så fort de var klara här" sa Jansson. "Nu tror jag vi har hittat det vi sökte" Jansson hade ett brett leende. Mikaela var nu ända framme vid de båda herrarna.

"Då fattas bara att labbet säger att det är rätt varg som skjutits här, att vi kan hitta någon som går och knyta till platsen och att vi får en åklagare som vill anklaga någon som vi bara har bevis över att han har klättrat i ett träd" Mikaela log ett ironiskt leende.

Kapitel 17

De var kväll och Vanessa var på stallet och skötte om Pereen. Hon hade bokat en ridlektion med en dressyrryttare som bara var i stan ett par dagar som hon trodde kunde hjälpa henne med dressyren. Det ringde i hennes mobiltelefon.

"Hej?" svarade Vanessa.

"Hej, det var kommissarie Ljunggren" började Lars. "Jag har precis skickat ett prov med päls och blod till er som jag vill veta om det kommer från den skjutna vargen."

"Har ni hittat det på fjället?" sa Vanessa. Pereen ryckte i Vanessas luva. Hon var i stallgången och var precis på väg att ta ut hästen ur boxen för att göra i ordning den för kvällens ridlektion. Hon hoppade till och puttade undan mulen på den stora svarta valacken.

"Nu får ju inte jag delge hur mycket som helst men vi tror att vi kan ha hittat skottplatsen" sa han på andra sidan telefonen. Vanessa som nu fick fullt upp med den busiga hästen tog ett par steg bort, lyfte pekfingret mot hästen och gick ut ur stallet. "Vad bra!" sa hon. "Jag antar att ni vill ha svar så fort som möjligt. Jag kan stressa på killarna på labbet direkt till morgonen så kan jag nog ha resultatet ganska tidigt på eftermiddagen. Kommer du vara anträffbar på ditt vanliga nummer?"

"Vi skall ut till fjället imorgon med och söka igenom närområdet mer noggrant" sa Lars. "Tekningen är sådär där uppe. Jag kan inte lova att du kommer fram."

"Vart är ni på fjället då?" sa hon. "Jag kan kanske komma förbi och se hur det går till på en så stor sökning?" Det blev tyst i telefonen. Bara i någon sekund

"Ja, jo det kan du göra" sa Lars. "Det vill säga om du har tid. Utan din karta hade vi nog aldrig funnit platsen. Om du kan ta dig till vändplanen vid Hallesjöarna så är vi i närområdet."

"Inga problem" sa Vanessa och de tackade varandra och la på.

Grusvägen kändes oändlig. Vanessa hade kört denna vägen flera gånger tidigare men den kändes alltid lika enslig. Vägen gick upp och ned. Den svängde skarpt åt än det ena hållet sen åt det andra. Hon rundade en kulle och körde upp för en lång backe.

Sen kom en raksträcka. Stensvattnet låg på vänster sida. En lång smal sjö som låg i en liten dalgång. På andra sidan vägen bredde Ekelundsmossen ut sig. Vidsträckt som en Norrlandsmosse. Enstaka träd stack upp ur mossen annars var där bara gult gräs. Hon passerade en liten fiskestuga som låg nedåt sjön innan hon svängde mot öst igen. Vägen rundade kanten av Ekelundsmossen och fortsatte in i skogen uppe på fjället. Hon kom fram till en vändplan som låg strax innan stora Hallesjön. En mängd med polisbilar och vita omarkerade bilar stod parkerade på vändplanen. Två tält var resta mellan sjön och bilarna. Vanessa tittade på klockan på skärmen på instrumentpanelen. Kvart över två. Hon klev ur BMW´n och började gå mot bagageluckan. En kvinnlig polis i trettioårsåldern kom gåendes mot henne. Hon var rakryggad och vältränad med nästan svart hår som hängde i en stram fläta bak i nacken. Vanessa fortsatte med att öppna bagageluckan och tog ut sin lilla ryggsäck från Fjällräven, även känd som kånken.

"Du!" ropade kvinnan. "Du det är en polisutredning här så du får åka någon annanstans och plocka svamp." Vanessa vände blicken mot kvinnan och spände ögonen i henne.

"Svamp plockar man på hösten, inte på våren mig veterligen" Vanessas leende var något krökt.

"Ja! Inte vet jag" kvinnan kom ända fram till Vanessa och satte händerna på sina höfter. "Vad gör du här annars då? Är du journalist" Kvinnan iakttog Vanessa från topp till tå där hon stod i sin gula fjällräven jacka, fritidsbyxor och höga kängor med ryggsäcken i handen. Vanessa förde över väskan till vänsterhanden och stack fram högerhanden mot polisen.

"Vanessa Sterling, rovdjursförvaltningen" de skakade hand. "Jag är här för att ge kommissarie Ljunggren rapporten om DNA matchningen mellan ert fynd här igår och vargen som hittades i Järbo." Kvinnan la armarna i kors.

"Ja, du kan ge rapporten till mig så skall jag se till att han får den" hon stack fram handen.

"Jag ger inte rapporten till någon som jag inte vet vad hon heter" började Vanessa. "Dessutom fick jag intrycket av att jag skulle få träffa kommissarien här uppe med."

74

"Mikaela Blom var namnet" sa kvinnan. "Jag är kommissarie Ljunggrens assistent. Följ med här så kan vi anropa honom från radion i tältet." Med en lite butter min vände assistenten om och visade vägen in i ett av tälten. Det var ett ganska stort tält som mer påminde om ett partytält än något som Vanessa skulle använda på någon av hennes fjällvandringar. Några bord och bänkar var uppsatta inne i tältet. Ett elverk stod utanför och brummade. En kopplingsdosa och en kaffebryggare stod på ett litet bord vid ena väggen. En karta låg utvikt över ett bord med två datorer intill. Vid en av datorerna satt en ung civilklädd man och knappade på tangentbordet. Intill honom stod en fältradio. Mikaela pekade på kaffebryggaren med hela handen.

"Vill du ha en kopp?" hon såg frågande på Vanessa som bara skakade på huvudet till svars. "Vi anropar honom via radion här." Hon gick fram och lyfte luren på fältradion.

"Kommissarie Ljunggren till stabstältet, kom" sa Mikaela. Det sprakade till i luren och till slut kom ett svar. Vanessa kunde inte höra vad som sades men väntade otåligt.

"Vi har en kvinna här som kommer från rovdjursförvaltningen" sa Mikaela. "Hon säger att hon har med sig en rapport till dig, kom." Det sprakade till igen och Mikaela lyssnade noga. Sedan vände hon blicken mot Vanessa. "Var det en matchning?"

Vanessa stod lite försynt med ryggsäcken i båda händerna på framsidan kroppen.

"Ja, det var positivt" sa hon. "Båda proverna kommer ifrån samma djur alltså"

Mikaela himlade med ögonen och pustade irriterat ut. Sedan talade hon in i micken igen.

"Det är från samma djur säger hon här." Mikaela blev tyst igen. "Okej, jag skall fråga henne." Hon såg åter upp mot Vanessa igen. "Vill du följa med ut till skottplatsen och överlämna rapporten till kommissarien själv?" Glad över möjligheten att komma ända fram till brottsplatsen svarade Vanessa ja. Sedan satte de fart ut igenom skogen. Mikaela gick långsamt i terrängen och snavade av och ann. Vanessa hade svårt att inte skratta åt den mer urbant vana polisen.

Ute vid skottplatsen togs Vanessa emot av Lars. Några tekniker var i full färd med att svepa över ett område strax intill. Vanessa tog genast upp rapporten ur sin ryggsäck och räckte över den till Lars. En krum tall stod i kanten av en glänta med röda markeringar fästa på flertalet punkter på stammen. En bit ifrån trädet låg det fler markeringar ute på marken.

"Hur har detta gått till nu då?" sa hon till Lars. Hon hängde tillbaka ryggsäcken på ryggen.

"Det vi har kommit fram till nu är att förövaren måste ha stått uppe i trädet där" sa Lars och pekade på tallen. De började gå närmare och han pekade upp mellan grenarna. "Han har satt dit en gren som han har stått på och så har han spänt fast sig med ett rep runt om stammen." Vanessa såg den fastspikade grenen och platsen där repet hade skavt stammen på den porösa tallen. Mikaela stod intill med armarna i kors och med vikten på ena benet.

"Ja, jag ser vart repet suttit och grenen" sa Vanessa. "Vargen då?"

"Vi tror att den kom ned från bergskammen där" sa Lars och vände sig om och pekade med hela handen. "Sen tror vi att den fortsatte fram till punkten där du ser de röda markeringarna. Där blev den i alla fall skjuten. Sen borde den ha gått vidare och rundat sjön och fortsatt ned till fyndplatsen."

"Ja, för ingångshålet var på höger sida av vargen och den hade träffade med en vinkel snett uppifrån" sa Vanessa.

"Vi har funnit lite mer blod ned längsmed den vägen" Lars pekade ned mot sjön. "Vi fann tassavtryck uppe på bergskammen på väg hitåt. Vi tror att de kan ha varit fler vargar med men att de vände när den första blev skjuten. Några tassavtryck går även åt andra hållet med men de kan ju vara både nyare eller äldre." Lars satte nävarna mot sidan och såg nöjd ut med sitt svar. Vanessa nickade och tog till orda. "Tror du att ni kommer ha mer nytta av att leta här uppe? Annars så vill jag sätta igång med en ny inventering så snart som möjligt."

"Några dagar till får vi nog fortsätta med utredningen men jag tror nog att vi har fått ut det vi kan i teknisk bevisning här" sa han. "Vi har ju inte direkt funnit något som kan knyta någon till platsen. Vi hoppas på att kunna få in något tips från allmänheten som kan ge oss något att jobba på." Vanessa nickade.

Kapitel 18

Onsdag morgon. Fåglarna kvittrade i den ljuvliga maj solen. Några veckor hade gått sedan Vanessa var på Kroppefjäll senast. Äntligen hade hon fått till en ny inventering. Vanessa sträckte sig upp och band fast åtelkameran på stammen av en björk. Den var vinklad mot en tydlig viltväxel i kanten av en myr. En månad skulle kamerorna få sitta uppe och skicka information. De skulle bli tvungna att byta batteri på dem under tiden men bilderna skickades direkt till en dator via e-post så att de kunde hålla sig uppdaterade hela tiden. Vanessa hade med sig åtta kameror som hon skulle sätta upp runt Ekelundsmossen, Svingsjön och Hallesjöarna. Den första satte hon i sydöstra kanten av Ekelundsmossen. Sedan fortsatte hon runt mossens östra kant norrut. Den väldiga myrren bredde ut sig på hennes vänstra sida. Som ett stort platt fält med endast små buskar och enstaka låga träd som stack upp ur det höga gräset. Halvvägs upp till en övergång genom mossen fick hon syn på en liten plätt som var svart på marken. Hon gick och kollade. En gammal eldstad bara några meter in i skogen från myren. Vegetationen hade börjat växa upp runt eldstaden men kolet som låg kvar mellan stenarna såg nästan nytt ut. Hon uppskattade att någon borde ha eldat här i vintras innan gräset börjat växa igen. Hon funderade lite över vem som kan ha varit här uppe den årstiden och slogs genast av tanken att det kunde ha varit vargjägaren. Vanessa viftade bort tanken och fortsatte. "Det är förmodligen någon friluftsmänniska som campat här under en vandring eller något."

Vanessa svängde ut på en smal skogsremsa som löpte ut igenom Ekelundsmossen. Här ute hade hon satt en kamera sist gång de genomförde en inventering. Den hade givit många bilder på både varg och andra djur. Skogsremsan gav djuren skydda och var fast i marken vilket gav en genväg för djuren igenom mossen. Hon gick ett par hundra meter in på denna kil mellan de blöta myrmarkerna. Bitvis var marken blött men snart blev det torrare igen med ljung växandes mellan träden. Där remsan var som smalast satte Vanessa uppe en kamera. Hon riktade den mot en kraftigt trampad djurstig sittandes på en gran med glest mellan grenarna. Remsan var här bara omkring femtio meter bred. När hon var klar vände hon sig om och såg ut igenom den glesa skogen. Något fångade hennes blick. Några meter upp i ett träd satt en gren som inte riktigt stämde med naturen. Hon gick närmare och såg att någon hade spikat fast en tjockare gren strax under en klyka i trädet ungefär två och en halv till tre meter upp. Hon hängde av sig sin kånken och la den intill ett annat träd strax intill. Hon blickade återigen upp i trädet och sedan på sina händer. Vanessa tog tag i en gren och började klättra upp för trädet. Det var tungt i början och de första grenarna satt glest men snart kunde hon använda benen. Hon kom upp till den fastspikade grenen. Två grova spikar var slagna igenom den tjocka grenen. Hon tog tag i den och ryckte. Den satt fast bra. "Jag borde kanske inte klättra upp här utan höra av mig till kommissarie Ljunggren" tänkte hon men nyfikenheten tog överhand och hon klättrade upp och satte sig i klykan. Fötterna föll naturligt upp på den fastspikade grenen och hon såg väl ned över djurstigen. Om hon tittade noggrant såg hon kameran hon satt upp längre bort. "Nu har jag dig din djävul" tänkte hon. Hon såg att grenar hade röjts ur vägen för skytten men ändå täckte löven sikten åt flera håll. "Ett tecken på att jägaren varit här innan löven slagit ut." Hon satt kvar något innan hon klättrade ned. Vägen ned var nästan lika jobbig som det varit att klättra upp. Hon hängde sig ut i en liten gren och släppte sig ned sista biten. Hon landade lite snett och satte sig på rumpan i ljungen under trädet. Hon reste sig och borstade av sig. Lite blöt och lerig blev hon på jackslutet på sin fina gula fjällräven jacka. Hon tog upp sin mobiltelefon. Ingen täckning. Så hon stoppade ned den igen och gick fram till åtelkameran igen. Hon öppnade upp den och la till sin egna e-post adress i listan till vilka den skall skicka bilder och film till. Hon kollade så att den hade god uppsikt över skyttens träd och dolde den bättre med hjälp av några grankvistar.

"Nu skall vi se om du kan undkomma en kamera, din fegis" sa Vanessa till sig själv med ett litet leende på läpparna.

"Kommissarie Ljunggren" svarade Lars i telefonen. Vanessa hade tagit sig upp på en kulle en bit bort ifrån Hallesjöarna och ringt upp kommissarien.

"Hej! Detta var Vanessa Sterling från rovdjursförvaltning" sa hon.

"Hej Vanessa, hur är det med dig då?" sa Lars.

"Jo, det är bara bra. Vi har precis börjat med inventeringen av vargstammen på Kroppefjäll igen." svarade hon. "Hur är det själv? Kommer ni någon vart med utredningen om tjuvskytten?"

"Vad bra! Jag ser fram emot att ta del av inventeringen. Med mig är det som vanligt. Men med utredningen går det segt. Vi har inte fått in ett enda konkret tips och vi har helt enkelt inget att gå på. Vi har försökt spåra pilspetsen men det är helt enkelt för många försäljningssidor på nätet som säljer dem och tjuvjägaren kan ha köpt dem från vilket internationellt företag som helst. Samtidigt som jag har fått flera andra utredningar på mitt bord."

"Jaha, jag har kanske hittat något som skulle vara intressant för dig" sa Vanessa. "Ett annat pass som är byggt på samma sätt som det första. Jag tror att det kan vara äldre än det första men det ligger mer gömt inne i skogen. Jag fann det av en slump när jag satte ut viltövervakningskameror inför inventeringen. Är det något du vill komma ut och ta en titt på?"

"Ja, givetvis" svarade Lars. "När kan vi träffas där och vart ligger det?" Lars tittade på sin klocka och såg att den var elva.

"Om du följer vägen upp mot Hallesjöarna så kommer du att passera två mindre sjöar" började Vanessa. "Först Grästjärnet och sedan Stensvattnet. Om du kör halvvägs upp längsmed Stensvattnet så kan jag stå där och vänta. När kan du komma?"

"Ja, dit hittar jag" sa Lars. "Jag kan vara där om en till en och en halv timme."

"Bra, då syns vi där" sa Vanessa.

"Ja, det gör vi" sa Lars och så hälsade de av varandra och la på. Lars ropade ut genom dörren som stod öppen inne i polishuset. "Blom! Gör dig beredd på en dag till i skogen." Han skrockade lite för sig själv när han la i ordning papperna han hade framför sig.

Kommissarie Ljunggren parkerade bilen intill sidan av grusvägen. Morgonens klarblå himmel hade skiftat till en mer jämngrå nyans men de var fortfarande ganska varmt för att vara i mitten av maj. Vanessa stod där och väntade i hennes gula jacka men hennes bil syntes inte till. Lars och Mikaela steg ur bilen. Lars som kört gick rakt fram till Vanessa och skakade hand med henne.

"Jaha, vart hittade du nu detta passet då?" han gick direkt på sak. Mikaela gick istället till bilens baksida och använde dragkroken som stöd för att snöra sina kängor. Vanessa plockade fram en karta ur jackfickan. Hon pekade med fingret på kartan.

"Vi är här vid Stensvattnet" började hon. Lars såg ut över den långsmala sjön. Längre bort låg en liten fiskestuga. "Jag hittade passet här ute" Hon pekade ungefär två centimeter mot öst på kartan. "Det är en kilometer dit och det kommer gå rakt igenom myren men jag tror att det är hyfsat torrt."

"Tror att det är hyfsat torrt?" frågade Lars. Vanessa ryckte på axlarna.

"Jag gick in från andra hållet?" svarade hon. "Detta är nog närmaste vägen dit. Jag hittade även en gammal lägerplats här borta som jag tror att någon har använt i vinter." Hon pekade på andra sidan mossen. Mikaela öppnade bagageluckan och tog ut en lite svart ryggsäck. Hon gick fram till de andra och hälsade på Vanessa.

"Det finns väl ingen anledning att stå kvar här" sa Lars. "Skall vi?" Han pekade ut i skogen med öppen hand. Vanessa nickade. De tog sig över diket och gav sig av in i granplanteringen. Mikaela suckade när de kom över den första kullen som gick rakt upp från vägen. Från toppen såg de ut över Ekelundsmossen som bredde ut sig åt öst. De fortsatte ned mot skogsremsan som klöv mossen i mitten. En skogsfågel startade från sitt gömsle precis bredvid dem. Mikaela hoppade till och la handen på bröstet men började skratta när hon förstod att det bara var en fågel. Vanessa skrattade.

"Du vet att de är räddare för dig än vad du är för dem" sa Vanessa till Mikaela. "Det är det man brukar säga men jag vet inte om det stämmer i det här fallet." Mikaela gav henne en sur blick men fortsatte att gå. Snart kom de ut på den smala remsan som löpte genom myren. På sina platser var det riktigt blött medans andra bitar var lätt gångna. Vanessas vana öga visade dem igenom de blötaste partierna. Lars hade svårt att hänga med henne när hon hoppade mellan grästuvorna. Mikaela gick igenom flera gånger och blev blöt upp till knät på högerbenet och rejält blöt i vänstra kängan.

"Vad är det här för skitväg?" ropade Mikaela längst bak i ledet.

"Ursäkta mig! Jag trodde inte det var så här blött" fick hon till svars av Vanessa längst fram. "Vi tar nog andra vägen tillbaka." De följde en djurstig. Ibland gick den igenom täta snår som de tvingades gå runt men oftast gick den öppet inne i skogen.

Vanessa stannade framför de båda poliserna. Här var marken hårdare och täckt med ljung. Skogsremsan var bara cirka femtio meter bred och öppen och fin. Hon började titta upp bland träden och började gå så sakteligen igen. Snart så stannade hon helt. De andra kom ikapp henne. Vanessa pekade upp i ett av träden framför henne. Lars och Mikaela såg genast den fastspikade grenen.

"Jag tror jägaren har suttit där" sa Vanessa. "Jag klättrade upp sist jag var här och man får bra utsikt över viltstigen. Jag tror jägaren har jagat här innan löven kommit tillbaka. För de täcker sikten men om ni ser där" Hon pekade på några av grenarna intill. "Så har han röjt undan grenarna för att få bättre sikt." Lars och Mikaela inspekterade trädet noggrant med blicken.

"Det är lite synd att du klättrat upp" sa Lars. "Kanske har du suddat ut några bevis emot jägaren. Eller lämnat egna. Vi får ta hit våra tekniker. Men det gör vi imorgon."

Lars och Mikaela började söka av terrängen runt omkring men verkade inte finna några övriga spår efter något. Mikaela fick plötsligen syn på något. Hon började gå rakt emot granen med Vanessas viltövervakningskamera. Hon lyfte på grenarna och vände sig tillbaka mot Lars

"Här hänger det en kamera" sa hon. Lars besvarade hennes blick men sökte direkt därefter Vanessas ögonkontakt. Vanessa la händerna om armbågarna och flackade med blicken.

"Jag hade redan satt upp den innan jag såg passet" sa hon. "Vill ni att jag tar ned den?"

"Vi får inte lov att kameraövervaka för att avslöja brottslingar utan speciellt tillstånd men om skurken skulle råka fastna på länsstyrelsens viltövervakningskamera så kanske vi får använda det" sa Lars. "Om inget annat så kanske vi i alla fall kan få ett hum om vem det är och något mer att jobba på. Låt den sitta kvar." Mikaela täckte in kameran igen.

"Smidig liten kamera det där" sa Mikaela. "Var får ni tag på dem? Måste ni hit och tömma dem på bilder lite då och då eller?" Vanessa gick bort till henne och inspekterade så att kameran syntes så lite som möjligt. "Det är en åtelkamera gjord för jägare egentligen" svarade hon. "Vi köper dem av ett företag som importerar dem från USA. Den skickar bilderna till vår e-post men man kan även få den att skicka mms direkt till telefonen. Dock måste man hit ibland och byta batterier." Mikaela nickade.

"Fungerar den även på natten?" frågade Lars.

"Ja, den har en IR funktion" svarade Vanessa.

De gick vidare där ifrån mot öst. Vanessa visade dem den gamla lägerplatsen. Lars såg sig om och kunde förstå att det var en bra plats att slå läger på. En liten bäck rann strax intill. Där kunde någon hämta vatten om man stannade här längre. De markerade ut de båda platserna på en karta som Lars hade haft med sig. Sedan fortsatte de söder ut och rundade myren och kom ut på grusvägen igen. De gick en kilometer mot väst tills de kom till en trevägskorsning. Ena vägen gick mot söder andra mot norr. Vanessa stannade.

"Jag har min bil bara några hundra meter in mot naturreservatet." sa hon och pekade åt den sydliga vägen. "Om ni vill så kör jag gärna upp er till er bil. Det var ju lite min tabbe att gå in den vägen." De båda poliserna såg trötta ut. Mikaela var dessutom blöt och frusen. Så de tackade ja till erbjudandet. Snart rullade de upp mot polisbilen i Vanessas fina BMW. De kom tillbaka till bilen vid halv sex. Där tackade Lars Vanessa för hjälpen medans Mikaela slängde sig in i bilen och drog igång fläktarna på full värme.

Dagen därpå återvände Lars och Mikaela med en grupp tekniker som fick undersöka området men det ända de fann som inte redan var uppenbart var en nedgrävd burk med surströmming.

Kapitel 19

Lördagen den tjugotredje maj. Han rusade genom skogen. Han såg en glimt av den svarta vargen. Garm försvann in i ett tätt snår med enar. Gustav kände markerna och rusade över en liten kulle. Vinden drog i de höga tallarna. Han la an geväret. Ut ur snåret kom han. Garm, den svarta vargen. Det började skymma. Molnen rörde sig fort över himlavalvet. Gustav fick in vargen i siktet. Han la sig lite framför vargen och följde den. Han kramade sakta avtryckaren. RING! RIIING! Skogen försvann och Gustav öppnade ögonen. Solen slog in genom fönsterrutorna. Det ringde igen på dörren. Han kände sig tung i huvudet. Vad var klockan egentligen? Han tittade på mobilen som låg på nattduksbordet. 09:15. Det ringde igen.

"Ja, jag kommer!" ropade han. Ett par mörkblåa jeans låg på en stol strax intill och en grå T-shirt av märket Lee. Han drog snabbt på sig dem och gav sig av mot dörren. Han knäppte bältet innan han öppnade dörren.

"Grattis!" ropade familjen. Sedan brast de ut i sång så gott som de kunde. "Ja! Må han leva. Ja, må han leva uti hundrade år." Där var Leif, Lena och Johan. De sjöng hellre än bra men envisades ändå att sjunga klart hela visan.

"Välkomna in" sa Gustav när de sjungit färdigt. Johan lappade till Gustav på axeln medans han gick in.

"Du sov väl inte eller?" sa han. "Det finns ingen jägare som sover till nio på morgonen."

"Det ser du på honom" sa Leif samtidigt som han hängde av sig jackan på Gustavs klädhängare.

"Jag fastnade framför en film igår" ursäktade sig Gustav. "Det var någon rulle med Stallone och den slutade sent." Lena gned Gustavs kind medans hon väntade på att få hänga av sig jackan.

"Du vet att man inte får någon sovmorgon i den här familjen när man fyller år" sa hon och hängde sedan upp jackan. De gick in i Gustavs kök. En kastrull och några tallrikar låg i diskhon.

"Vilken röra du har" sa Lena skarpt till Gustav som ställde sig lutande mot köksbänken. Leif tog tag i kaffebryggaren och lyfte fram kaffe från ett skåp. Gustav pillade ur lite sömn ur ögat samtidigt som han såg upp mot fadern. "Mellitafilter?" sa Leif. Gustav pekade på lådorna bredvid spisen. "Första lådan som vanligt, pappa" svarade han. Johan hade redan bänkat sig vid köksbordet. Lena tog fram en skärbräda och började skära upp den medhavda vetelängden.

"Gå och ta på dig ett par strumpor" Lena tittade på Gustav som genast gav sig iväg till sovrummet och tog på sig ett par strumpor som låg på golvet. Han slog ut dem ordentligt och det yrde damm i det smala solstrålarna som gick igenom persiennen. När han kom ut till köket igen var fikabrödet på bordet och en vas med tulpaner stod bredvid dem. Leif lyfte kannan av bryggaren och de alla satte sig.

Fikat smakade gott men det var en betydligt sötare frukost än vad Gustav var van med. Kaffet gjorde sitt och snart var han lika pigg som han alltid brukar vara. De talade om allt möjligt. Johan ville mest tala om fisket och Lena försökte som vanligt övertala Gustav att skaffa sig en ny hund. Leif var ovanligt tyst. När de hade fikat klart tog Lena till orda "Anna kommer upp i kväll så vi träffas vid sextiden hos oss som vanligt. Det blir gryta på de sista bitarna av vildsvinet ni sköt ute på Sotenäset. Blir det bra?"

"Ja, det blir det väl" svarade Gustav eftertänksamt. "Jag kommer kanske upp lite tidigare och övar med bågen. Jag har tittat lite på jaktresor och börjar överväga om jag skall ta en till hösten." Leif spände ögonen i Gustav men släppte honom snabbt med blicken samtidigt som han såg att Lena fick ett finurligt litet leende och tittade på Leif.

"Ja, gör du det" sa hon. "Grejerna är väl där de brukar stå."

"Vart har du tänkt dig att åka då?" frågade Johan. "Danmark eller Finland? Eller längre bort?"

"Jag har börjat fundera på kronhjortsjakt i Skottland eller Ungern" svarade Gustav.

"Haha, jag glömmer ju alltid att du är rik som ett troll" skrockade Johan. "Jädra skål! Hade jag vetat vad den var värd hade jag tagit den först." De skrattade allihopa åt skämtet.

"Nja, den är det nog inte så mycket kvar på men jag gör ju inte av med så mycket i vanliga fall" sa Gustav.

Tidigt på eftermiddagen åkte Gustav ut till sina föräldrar. Han hade med sig bågen och pilarna försedda med pilspetsarna avsedda för tavelskytte. Han var klädd i ett par fritidsbyxor, T-shirt och en tröja. Han hade med sig ombyte till middagen för kvällen. Gustav parkerade bilen på gårdsplanen. Det var strålande solsken och en lätt bris drog in över åkrarna. Lena såg ut mot Gustav från köksfönstret och vinkade. Gustav vinkade tillbaka. Sedan gick han bort till ladugården. Hjulen på skjutporten gnisslade när han drog den åt sidan. Innanför traktorn låg piltavlan med sin ställning. Han tog med den ut bakom ladan och satte upp skyttebana. Hängde upp skyddsnätet innan han gick tillbaka till bilen och hämtade bågen. Bakom ladugården var det vindstilla men han hörde hur vinden drog upp igenom träden på kullen intill honom. Han la an första pilen, spände bågen och siktade. Pilen träffade något lågt men efter några pilar var han inne i skyttet igen. Han provade sedan att skjuta från olika avstånd och i olika ställningar. Sittandes och ståendes. Snart kändes det i axeln. Han var inte längre van med att skjuta så mycket med bågen så han tog en liten paus. Lena stod i köket och höll på att förbereda inför middagen.

"Hej, jag trodde du skulle bli ståendes ute bakom ladan ända till kvällen" sa Lena. Gustav gick fram till kaffebryggaren och började fippla med den.

"Jo, det var planen men bågen är så tung att jag behöver en liten rast tror jag" Gustav började hälla i vatten i bryggarens topp. "Skall du ha en kopp med?"

"Gör sex koppar. Leif och Anna kommer nog snart och känner jag dem rätt så vill de nog också ha sig en kopp." Gustav slog på bryggaren och satte sig vid köksbordet.

Lena sköljde något i vasken.

"Har du kollat mer på jaktresan du tänkte göra?" fråga Lena. "Eller är det för tidigt än?"

"Jo, som jag sa förut så står det lite mellan Ungern eller Skottland" svarade han.

"Själva resan till Ungern verkar billigare men istället verkar de ta igen det på troféavgifter medans Skottland har mer fasta priser." Lena stängde kranen och började hacka något på en skärbräda.

"Vart åker du helst då?" hon tittade på honom över axeln samtidigt som hon fortsatte att hacka.

"Jag vet inte riktigt" Gustav blickade mot kaffebryggaren som verkade närma sig klar. "Jag tror att Ungern har större hjortar och det verkar fint men samtidigt så är Skottland ändå Skottland. Då blir det ju upp i högländerna och det hade ju varit väldigt roligt." Kaffebryggaren bubblade till så Gustav gick upp och tog ut två koppar ur skåpet och hällde upp till sig och sin mor. Han ställde ena koppen bredvid Lena där hon stod och arbetade med kniven. Sedan gick han och satte sig igen vid bordet. Lena vände sig mot Gustav och lutade sig mot diskbänken samtidigt som hon lyfte upp koppen.

"Då är ju frågan vad du vill ha ut av det, upplevelse eller en stor trofé?" frågade Lena.

"Nja, jag tror nog att oavsett vart jag åker så är det nog fint. Känns som att jakten kan gå till på ett annat sätt i Ungern än i Skottland. Mer skogar och ängar istället för upp och ned i kullar. Båda hade nog varit roligt. Sen är det nog lättare med språk och sånt i Skottland."

"Ja, då är det inte lätt för mig att avgöra det" sa Lena. "Du får nog prata med din far och din bror om det här. Du tror inte att någon av dem skulle vilja följa med?"

"Det har jag inte riktigt tänkt på. Jag får fråga dem." Gustav drack upp sin kopp kaffe och gick sedan ut och fortsatte med bågskyttet.

Gustav hörde när bilen rullade in på gårdsplanen. Han stod nu på fyrtio meters avstånd från tavlan och släppte iväg en pil. Den såg ut att träffa nästan i mitten. Annas klara stämma följde med vinden när hon talade med Leif. Gustav hörde hur de gick ifrån bilarna in i huset. Han fortsatte skjuta. En kvart senare hörde han hur ytterdörren slogs igen. Strax syntes Anna runt hörnet till ladugården. Hon var klädd i en tjocktröja och ett par av Lenas fixarbrallor. Gustav släppte lugnt iväg pilen som satt på strängen. Han följde den med blicken och såg hur den träffade bra i mitten av tavlan. Kogret var nu tomt så han sänkte bågen och gick sin syster till mötes. Det var varmt nu så

Gustav hade tagit av sig till bara T-shirten. Anna såg nyfiket på bågen och drog lite i ärmarna på tröjan.

"Hej! Är det här du står och skjuter" sa hon. Gustav nickade.

"Ja, det är det väl." svarade han på den lite uppenbara frågan. "Gick resan upp bra?" Han vinkade med sig henne fram mot tavlan.

"Ja, det går ju så snabbt med tåget idag. Inga förseningar heller. Grattis förresten!"

"Tack! Det är schysst av dig att komma upp bara för en födelsedagsmiddag" sa Gustav. Han började dra ut pilarna ur tavlan. De satt hårt.

"Äh, vad har man familj för vet du. Jag hörde att du sov när de kom på morgonen?"

"Haha, ja jo jag trodde att vi hade slutat med den traditionen. Dessutom så tittade jag på en film igår som slutade sent." Gustav skakade lite huvudet. De började gå tillbaka mot platsen där Gustav stått och skjutit när det slog honom att Anna nog ville pröva.

"Du vill inte prova att skjuta eller?" han frågade henne och stannade tio meter ifrån tavlan.

"Va, jo eller du får visa först" sa hon.

"Ok" sa Gustav. Sedan visade han hur man la pilen, vart man siktade och hur avtryckaren fungerade. Han berättade att den övre pinnen i siktet var inställt till tio meter sedan siktade han in sig och sköt en pil i mitten av tavlan. Anna tog emot bågen och de gick igenom allt igen. Det syntes att den var tung för Anna att spänna men hon fick upp den till fullt dragläge. Där var bågen lätt att hålla. Hon blickade igenom siktena och sköt. Pilen träffade halvvägs ned på tavlan men var annars bra centrerad.

"Bra!" sa Gustav. Anna som hade ryckt till av kraften i bågen tittade upp mot tavlan och fick ett stort leende på läpparna.

"Ha! Jag fick den" sa hon lite stöddigt. De fortsatte att skjuta tillsammans. Fem pilar var åt gången och sedan hämta de pilarna. Anna missade tavlan några gånger men i regel träffade hon bra. Efter en stund gick de upp till tjugometers avstånd och slutligen trettiometers håll.

På kvällen firade de Gustavs födelsedag med den tidigare utlovade vildsvinsgrytan. Gustav tog en dusch och bytte till skjorta och jeans innan kalaset. Johan och Sara kom vid sextiden. De satte sig till bords i finrummet och maten dukades fram av Anna och Lena. Anna var nu klädd i en snäv kjol som gick nedanför knäna och en skjorta. Grytan var välkryddad med både vitlök, rosmarin och peppar. Ett och annat lagerblad flöt runt i skyn. Gustav som var hungrig efter dagen med bågen åt tyst och mycket. Till grytan serverades kokt potatis, syltlök och rönnbärsgelé.

"Om jag vetat att grisen var så god hade jag skjutit en till tror jag" avbröt Johan tystnaden med. De kom alla på att de suttit tysta och bara ätit en bra stund. "Det var en mulen dag ute vid en stor vassrugg bredvid en sjö."

"Åh nej, inte nu igen" muttrade Sara lite tyst för sig själv men ändå högt nog för att alla skulle höra.

"Jag hade fått ett pass där vassen slutade och en öppen lövskog mötte sjön" fortsatte Johan som helt ignorerade sin frus kommentar. "Jag satt i en sluttning där jag blickade ut över sjön och ned mot vassen." Johan hade berättat denna historia varje gång de ätit av vildsvinet. Det var bara han i familjen som någonsin skjutit en gris. "Jag hörde Cesars klara stämma ljuda högt inne ifrån vassen så jag gjorde mig beredd. Men inget hände. Hunden skällde och jobbade på inne i det tätaste men ingen gris kom ut." Gustav skrattade lite

"Du kanske skulle varit med mig inne i vassen istället?" sa Gustav. "Ifall det blev långtråkigt utanför." Johan höjde en finger för att tysta Gustav. Leif la armarna i kors och skrockade för sig själv.

"Något brakade till inne i vassen" fortsatte Johan. "Sen blev det helt tyst. Jag gjorde mig beredd. Luften blev så tjock att det var svårt att andas. Sen kom de, tre grisar i full fart. Jag siktade in mig på den i mitten. En gylta. Pang! sa det och den föll. Jag började sikta in mig på nästa gris men tyckte att det räckte med en så jag lugnade mig." Han la handen på bröstet och sträckte sig i stolen. "Fler skott hördes runt omkring oss. Sen kom Cesar ut ur vassen, helt blöt och full med lera. Så jag gick ned till mitt villebråd."

"Jaja, vi vet vart du vill komma" sa Gustav men hyschades av Anna.

"Jag klappade och berömde den modiga hunden innan jag kopplade honom" Johan fick ett stort leende på läpparna. "Jag vände mig om och fick då se Gustav komma ut ur vassen. Han" Johan avbröts med att alla runt bordet utan Gustav skrek i munnen på varandra. "Han var blöt som en katt!" De skrattade allihop utan Gustav som bara skakade på huvudet.

"Hade det inte varit för Cesar så hade vi aldrig blivit inbjudna till jakten" sa Gustav. "Nä, och han gjorde ett bra jobb med" Leif reste sig med ölglaset i handen. "Skål för Cesar!" De alla skålade till minnet av den döda hunden.

Eftersom det var födelsedagskalas så vankades givetvis tårta till efterrätt. Lena hade gjort en stor mockatårta som Leif bar ut till bordet när kaffet serverats.

"Men oj, Lena du behöver ju inte göra så mycket" sa Sara när tårtan ställdes ned framför henne. Hon skulle nog aldrig bli van med det överflöd av mat som alltid serverades hos familjen Eriksson. Men för Lena var det en del av nöjet med att laga mat. Två ljus satt på tårtan ett som såg ut som en tvåa och en som en fyra. När sista assietten låg på bordet reste sig alla utan Gustav och sjöng "Ja, må du leva". Den ända i hela familjen som hade lite utav en sångröst var Anna. Ett fyrfaldigt leve utropades innan Gustav blåste ut ljusen. Trotts att han var riktigt mätt skar han sig en stor hörnbit av tårtan. Kaffet skickades runt bordet tillsammans med tårtspaden. Under tiden de åt talade de om allt möjligt. De frågade ut Anna om hur det gick nere i Göteborg och Sara fick redogöra för vad hon gjort de senaste veckorna. Sedan kom Gustavs jaktresa upp på tal. De vägde fördelar mot nackdelar mellan de båda resorna mot varandra.

"Jag tycker du skall åka till Skottland" sa Leif. "Du som gillar fjällvandring. Jag tror att du kommer att trivas mer med att sitta och spana med en tubkikare uppe på någon topp och sen försöka smyga dig på viltet än i skogen i Ungern."

"Jag tycker Ungern" sa Johan. "Då kan du variera jakten mer. Sitta i ett träd och passa vid gryning och skymning. Sen kan du smygjaga i skogen och ut på gärdena på dagen. Det skall vara riktigt fint i lövskogarna nere i Ungern."

"Ja, det är ju riktigt svårt att bestämma sig" sa Gustav. "Båda har ju sina fördelar och nackdelar. Skottland känns ju lite svårare att komma nära dem men jag gillar ju vyer".

"Tänk på storleken på hjortarna i Ungern" flikade Johan in. "De är ju riktiga monster.

Om du åker mitt i brunsten så kan du kanske locka in dem med."

"Ja, men är det inte lättare med språket om du åker till Skottland?" sa Leif.

"Äh, de som jobbar med turister i Ungern talar nog lika bra engelska som Skottarna, kanske till och med bättre" sa Johan och skrattade lite. Anna skrattade mest av alla runt bordet, nästan oproportionerligt mycket mot hur roligt skämtet var.

"Haha, de kan vara grötigare att förstå än många som har det som andra språk" sa Anna. "Vi har en utbytesstudent i klassen som kommer från Skottland. Det tog en stund innan alla i klassen var med på vad hon sa i början men nu går det bra."

"Jag tror vi kan sitta här hela kvällen och dividera fram och tillbaka om vart som är bästa att åka till" sa Leif. "Men till sist handlar det nog mest om vart du vill åka."

"Det lutar nog mest åt Skottland nu ändå" sa Gustav. "Jag har alltid velat åka dit tror jag och jag skulle kunna ta någon extra dag i Edinburgh eller något med. Dessutom tror jag att det blir billigare med för trofépriserna verkar snabbt gå uppåt i Ungern. Man vill ju inte få en riktig best framför sig och inte kunna skjuta den för hornen skulle kosta en förmögenhet."

"Nä, så skall man ju inte behöva tänka om man åker på en troféjakt" sa Johan.

Efter tårtan gick Leif och hämtade ett kuvert som han överräckte till Gustav. Det är ifrån oss allihop. Gustav öppnade och läste på kortet.

"En resa till Kanada eller Skottland

Över hav och land

Till Ungern eller Nya Zeeland

Kanske bara till Norrland

Men det spelar nog ingen roll så länge du reser i Dianas hand"

Dessutom låg det tvåtusen kronor i kuvertet. Han tittade upp på allihopa "Tack så mycket!"

Kapitel 20

"Har du packat ned mackorna?" Vanessa såg frågande på Erik som lyfte in väskan i bagaget.

"Ja, smörgåsjärnet med."

Erik var ledig trots att det var fredag. Han hade lovat Vanessa att följa med till Kroppefjäll. Det var dags att plocka in viltövervakningskamerorna. De båda satte sig i bilen och Vanessa svängde ut från deras uppfart. Det var en gråmulen morgon men väderprognosen hade förutspått bättre väder framåt dagen.

"Har den nya inventeringen gett något än?" undrade Erik.

"Sändningsfunktionen i några av kamerorna verkar ha lagt av annars så har vi fått in massa bilder" svarade Vanessa. "Vi har inte gått igenom allt ännu men jag misstänker att det saknas två vargar."

"Den skjutna och en till då antar jag?"

"Ja, det var en fjolårs tik som sköts och så verkar det som om det är en fjolårs hanne som saknas med." Vanessa följde vägen med blicken samtidigt som hon talade.

"Tror ni den blivit skjuten med?"

"Vem vet, än så länge är det inte säkert att den inte dyker upp på något foto. Om den inte skulle göra det så finns ju den möjligheten. Annars kan den ha separerat från flocken och gett sig av åt annat håll men oftast så får vi in observationer om någon varg lämnar fjället."

Vanessa svängde upp mot fjällets östra sida där hon hade placerat ut en lina med kameror. Det tog dem flera timmar att samla in dem. Sedan fortsatte de upp på fjällets västra sida och parkerade ovanför naturreservatets nordöstra sida. På samma vändplan där hon hade stått parkerad när hon hade besökt den andra skottplatsen ihop med kommissarie Ljunggren och assistent Blom. När de klev ur bilen hade solen brutit igenom molnen. En svag bris drog igenom grantopparna och ljudet av insekter molade i bakgrunden. De tog med sig sina ryggsäckar och gick ned igenom naturreservatet. De plockade upp en kamera innan de kom till vindskyddet där de hade älskat senast de var uppe på fjället ihop. De gjorde upp en eld och grillade mackorna i mackjärnet. Det var varmt och skönt i solen men betydligt mer myggor och knott än när de var uppe sist. Efter maten fortsatte de upp längsmed Svingsjöns västra sida. Här var terrängen eländig och det vackra skogslandskapet bröts av med stora kalhyggen som var svåra att gå igenom. Erik halkade ofta efter så att Vanessa fick vänta in honom. Det tog längre tid än de väntat sig men till slut kom de runt sjön och ut på grusvägen igen. Nästan ända bort till vändplanen som poliserna hade använt som utgångspunkt till undersökningen av den första skottplatsen som de hittat. Så de började gå tillbaka längsmed grusvägen som skulle leda dem mellan Svingsjön och Ekelundsmossen ned mot bilen.

Kapitel 21

Fredagen den femtonde juni. Gustav hade redan slutat från jobbet. Sedan födelsedagen hade saknaden av Cesar ökat. Han hade beslutat att det nu var dags att ge sig efter den satans vargen igen. Denna gången skulle han vänta och få rätt varg i siktet, Garm. Allt var redan packat och klart så direkt efter jobbet gav han sig av upp mot fjället. Han parkerade där han ställt bilen vid första jakten. På vändplanen nedanför naturreservatet. Han gick upp längsmed en stig som löpte igenom reservatet. Den gamla trollskogen kändes ännu mer tryckande nu i sommarvärmen. Svärmar av myggor syntes över de små myrarna inne mellan skogspartierna. Trots myggen var han bara klädd i en T-skjorta i kamouflagefärgat funktionsmaterial. När han hade passerat naturreservatet kom han fram till en vändplan. En stor svart BMW stod parkerad där men han kunde inte se någon utan fortsatte längsmed vägen fram till en trevägskorsning där han vek av åt öst. Han fortsatte på den vägen tills den började svänga åt syd. Där svängde han av från den och gick ut i skogen mot norr. Snart såg han Ekelundsmossen breda ut sig som ett väldigt fält inne i skogen. Nu var det nästan vindstilla och överallt sjöd skogen av liv. Insekter som surrade, fåglar som kvittrade och vingslagen från en korp genljöd. Han följde myrens östra kant upp till den skog där han slagit läger första gången han hade varit uppe och jagat. Vattnet i den lilla bäcken var mycket lägre men rann ändå strömt utför. Det var något som inte riktigt var som förut. Nu hade gräs och sly växt fram men ändå var det något annat som inte stämde riktigt med platsen. Gustav skakade av sig oroskänslan och slog upp tältet. Det var ganska torrt i markerna så han lagade mat på sitt gamla spritkök. Gulaschsoppa med en bit bröd blev det och han hade med sig en öl att skölja ned det med. Ölen smakade ljuvligt i solen och han åt med andakt. Därefter packade han om väskan och tog bara med sig det väsentliga till jakten och begav sig av mot sitt gamla pass mitt ute i skogsremsan på mossen.

Det tog Gustav en liten stund att hitta sitt gamla pass på den smala skogsremsan. Mycket hade förändrats sedan han var där sist under den tidiga våren. Alla träden hade fått löv och markvegetationen hade växt upp ordentligt. Han röjde undan några fler grenar och kollade att hans fotpinne satt ordentligt fast uppe i trädet. Något kändes otryggt. Han intalade sig själv att det bara var paranoia efter tidningsartikeln. Sedan klättrade han upp och vinschade upp pilbågen och resten av utrustningen. Än så länge var det ljust. Myggorna retade hans ansikte och händer. Han smetade in djungelolja men det verkade knappt hjälpa. Solen värmde skönt medans han satt och väntade på vargen. "Garm, din djävul, vart är du?" frågade han sig själv.

Kapitel 22

Solen började nå de högsta grantopparna när Vanessa och Erik kom tillbaka till bilen. Erik var sur för att det tagit längre tid än vad Vanessa hade sagt att det skulle göra och Vanessa var sur för att Erik gått så långsamt. De la in sina väskor i bagageluckan innan de hoppade in i bilen. Vanessa tog upp sin telefon innan hon startade bilen. Den lilla e-post hade en trea bredvid sig så hon öppnade och kollade.

"Jag har fått mail från en av kamerorna som vi inte plockat ned än" sa hon till Erik som satt med armarna i kors.

"Jaja då, nu åker vi hem."

Vanessa öppnade mailet. Hennes ögon blev stora när hon bläddrade från blid till bild. Erik märkte att det var något och frågade.

"Är det vargar på bilderna eller?"

"Nä, det är jägaren! Han är tillbaka. Jag måste ringa kommissarie Ljunggren."

"Oj, är det nära?" frågade Erik med viss nervositet. Vanessa var som uppsluka av bilderna.

"Men det är ju han!" ropade hon till. "Vad var det han hette nu igen då?" Hon var helt upprymd av att ha löst fallet.

"Vem då han? Och är det långt till platsen?"

"Det är den unge jägaren ifrån Munkedal som blev av med sin hund i slutet av februari!" hon slog sig för pannan. "Gustav Eriksson! Så heter han."

"Har han mark här då?" Erik såg frågande ut.

"Nej, det tror jag inte" Vanessa tänkte till. "Det var Garm som dödade hans hund. Han är här för hämnd!"

"Hämnd? Det går väl inte att hämnas på ett djur"

"Han måste ha tagit hundens död hårt." Hon såg ut att tänka mycket hårt. "Bilen! När vi var här sist så stod det en pickup med en dekal på där vi parkerade. Kommer du ihåg det?"

"Just det var det inte så?"

"Jämthund, alla gråhundsägares dröm! Stod det på den." Erik nickade eftertänksamt till svars. "Det är hans bil. Han måste ha varit här uppe då. Att jag inte har tänkt på det tidigare."

"Är du säker på att det är han?" frågade Erik. Vanessa klickade sig fram till någon bild och höll upp den framför honom. Man såg klart och tydligt ansiktet på en ung man. Han var klädd i kamouflage med keps men ansiktet syntes klart och tydligt. Jägaren höll en pilbåge i handen på bilden och ett rep hängde upp i ett av träden.

"Bilden är ju hur tydlig som helst. Jag måste ringa kommissarien."

"Vidarebefordra bilderna till honom med" sa Erik. Vanessa började greja med telefonen och snart hade hon sänt iväg kopior på de tre mailen med bilderna till Lars. Sedan lyfte hon luren till örat.

"Du har kommit till kommissarie Ljunggrens telefon. Jag kan tyvärr inte svara just nu men lämna gärna ett meddelande efter pipet. Pip!" ljöd det inspelade meddelandet.

"Hej! Det är Vanessa Sterling. Tjuvjägaren är på plats uppe vid passet jag hittade. Jag vet vem han är." Hon gjorde en kort paus. " Han heter Gustav Eriksson och bor i Munkedal. Hans föräldrar har en gård utanför Ellenö. En av vargarna på fjället tog hans jakthund i vintras. Jag vidarebefordrade bilderna till din e-post. Ring mig så fort du kan. Vi är uppe på fjället." Vanessa la på och la ned mobilen vid växelspaken och startade bilen.

"Det är inte långt dit. Vi åker och kollar!"

Hon stoppade vid sidan om vägen intill den långsmala sjön Stensvattnet. Hon tog upp telefonen och försökte ringa kommissarien igen men hon hade ingen täckning.

"Helvete!" fräste hon. "Vad gör vi?"

"Ring polisen! Så får dom ta tag i det här."

"Jag får ju inte tag i honom. Vi måste göra något!" Vanessa hoppade ur bilen och försökte ringa igen men hon hade ingen täckning nu heller.

"Vi ger oss in och skrämmer bort honom. Så kan han inte skjuta någon varg idag i alla fall." Erik skruvade på sig.

"Är det inte bättre att vi låter polisen sköta detta!" Han såg rädd ut vilket retade Vanessa.

"Nä, vi kan jaga bort honom. Häng med nu." Vanessa stövlade ut i skogen och Erik hängde på. De gick samma väg som Vanessa hade gått med Lars och Mikaela. Upp över en skogbeklädd kulle och sen ut på den smala skogsremsan som ledde ut genom myren. Stigen hade torkat upp rejält sedan sist Vanessa var där och högt gräs och sly hade börjat växa upp igen. Vanessa klampade på med fast takt och blicken framåt. Erik hade svårt att röra sig mellan grästuvorna i den ojämna marken. När han såg upp var Vanessa utom synhåll.

Solen hade gått ned över horisonten men det var fortfarande ljust. Gustav satt i trädet och allt var lugnt. Fåglar fångade insekter ute på den stora myren bakom honom. Det var fortfarande varmt där han satt och livet kändes ganska bra. Äntligen var han ute efter Garm igen. Denna best som hemsökt hans drömmar och mördat hans hund. Men det var något med platsen. Något som inte kändes bra. Som att han var iakttagen. Han hade försökt skaka av sig känslan som paranoia men med tanke på den pågående polisutredningen var det svårt att bli av med den. Han hörde ett ljud. Något kom tassandes mot honom djupare inifrån skogsremsan. Ljudet kom närmare. Ett galopperande ljud. Gustav gjorde redo bågen. Plötsligen dök den upp där bland träden. En älgtjur. En stor tjur med hornen fortfarande i bast. Gustav uppskattade honom till en tolvtaggare men det var svårt att se nu när inte hornen var helt klara. Älgen passerade rakt under honom och verkade stressad. Den stannade upp en liten bit bort och blickade bakåt. Skogens konung sträckte på sig i skymningsljuset. Gustav släppte tillbaka strängen och tittade på älgen som sedan travade vidare igen. Något hade fått fart på älgen. Gustav kände igen situationen som den som skett senast han var ute och jagade. Vargarna hade jagat fram rådjuret mitt framför näsan på honom och sen gått rakt i fällan själv. Han blev upprymd. "Det måste vara hela flocken för att ge sig på en sådan älg" tänkte han för sig själv. Något hördes igen. Han såg rörelser inne i skogen. Något gult närmade sig. En blond kvinna uppenbarade sig mellan träden. Gustav försökte dölja sig själv så gott han kunde där han satt men hon kom närmare och närmare i djurstigen. Det var ju den där kvinnan från länsstyrelsen, Vanessa Sterling. "Fan" tänkte han för sig själv men försökte sitta så tyst han bara kunde. När kvinnan var nedanför honom vände hon upp blicken mot honom.

Vanessa hade hållit bra tempo genom skogen och ute på myren. Hon ilade mellan tuvorna som om det var det enda hon gjort i livet och var nära på att missa passet där Gustav satt. Men hon vände upp blicken i precis rätt tillfälle. Han satt där uppe helt stilla och tyst. Hade hon inte vetat vart hon skulle leta hade hon nog inte upptäckt honom utan fortsatt förbi under honom.

"Det var du, din skitunge!" röt hon och pekade upp mot Gustav. "Kom ned ur trädet så följer du med mig till bilen!" Gustav satt tyst uppe i trädet men Vanessa vacklade inte utan spände blicken hårdare i honom.

"Det kommer bli fängelse och dryga böter för det här, det vet du. Du kan ju glömma att få jaga på tio år i alla fall. Det kan det inte ha varit värt för att skjuta några vargar, va?!"

Gustavs tankar rusade runt i huvudet på honom. Den där jävla vargkramaren från Stockholm hade kommit på honom. Men hur? Satan inte få jaga på tio år och fängelse. Paniken kom krypandes och han agerade utan att tänka. Han spände bågen och siktade.

Jägaren uppe i trädet svarade aldrig på Vanessas uppmaning. Hon såg hur han plötsligen spände sin båge.

"NEJ!" skrek Vanessa.

Del 2

Kapitel 1

"Fan, fan, FAN!" sa Gustav till sig själv. Han hade hoppat ned från trädet med alla sina grejer och gått fram till Vanessa. Pilen hade träffat mitt i pannan på henne och hon hade fallit raklång rakt bakåt. Pilen låg några meter bakom liket. "Varför i helvete gjorde jag så?" Han gick fram och tillbaka. "Vad skall jag göra nu då?" Han kom på sig själv med att tala för sig själv. Han tittade bort från Vanessa och försökte lugna sig själv så att han kunde tänka. Det vibrerade i kroppen på honom och händerna och fötterna skakade. Han hyperventilerade men fick till sist kontroll på sin andning. Han kunde börja tänka. "Ingen vet det här mer än jag och hon och hon lär knappast säga något. Ta pilen och rengör den. Sen gör dig av med henne och lämna fjället. Hur fan skall jag göra det då?" han kliade sig i huvudet. "Skjut, gräv, tig. Ja, det måste ju fungera här med. Allt är inte över än." Han plockade ihop sin väska men hade kvar pilbågen uppe. Gick bort och tog tag i pilen. Den var täckt med blod och små ljusa klumpar som han genast förstod var hjärnsubstans. Han mådde illa men lyckades hålla inne spyan. Sedan sköljde han av pilen i en pöl i myren intill. Han var på väg bort mot Vanessas kropp när han plötsligen hörde något.

"Vanessa!" en mansröst ropade efter kvinnan han just mördat."Vanessa! vart är du?" Rösten kom närmare. Han tvingades fatta ett snabbt beslut, stanna iskallt och strida eller fly ned från berget. Han valde att fly. Han tog sin väska och båge och rusade iväg medans mörkret sakta föll över Kroppefjäll.

Kapitel 2

Tårarna forsade ned för Eriks kinder och flöt samman med snoret som rann ur näsan på honom. Han satt lutad över Vanessa och hans händer skakade frenetiskt. Han hade följt djurstigen tills han hade sett Vanessa. Erik trodde först att hon ramlat eller att hon skojade men när han kom närmare och såg hålet i huvudet på henne förstod han vad som måste ha skett. Han ville inte förstå. I sin sorg hade han tagit tag i henne och skakat henne men det gjorde bara det hela värre. Blod och hjärnsubstans hade skvätt ur baksidan av hennes skalle vilket fått Erik att ta några steg bort och spy. Nu satt han åter lutad över henne och grät. Hon var fortfarande varm men huden hade redan börjat ändrat färg. Hon var blek och hennes annars så livfulla blåa ögon stirrade på honom glasklart. Han kunde inte tänka klart utan satt där han satt och vaggade fram och tillbaka.

"Va fan skulle du hit bort och göra?" sa han rakt ut. "Nej, nej, nej!" Han hade svårt att få luft. "Vad gör jag nu då?" Han snyftade vidare men kom sen på att hon försökt kontakta polisen. Han plockade upp telefonen ur fickan.

"Endast nödsamtal" stod det på displayen. Han tryckte in "112" och tryckte på ring.

"Larmcentralen, hur kan jag stå till tjänst?" sa en kvinnlig röst i luren.

"Hjälp! Han har dödat henne" svarade Erik. Hans röst bröt ihop.

"Oj, vart är du?" sa rösten.

"Inte vet jag, i skogen" han höjde rösten.

"Vilken skog?"

"Vi är uppe på fjället, Kroppefjäll" han lugnade sig något. "Kommissarien vet vart."

"Vadå kommissarien vet? Vilken kommissarie?" hon talade lugnt för att försöka lugna Erik.

"Ljunggren vid Uddevalla polisen!" det började klarna till för Erik.

"Vet kommissarien Ljunggren vart någon blivit mördad?"

"Han håller i utredningen gällande tjuvjakt på Kroppefjäll. Vanessa har mailat honom!"

"Vem är Vanessa?"

"Min fru, han sköt henne" Erik fräste till.

"Vem sköt henne?"

"Jägaren! Gustav något"

"Vart skall jag sända ambulansen?"

"Det behövs ingen jävla ambulans! Han har skjutit henne i huvudet!"

"Jag kontaktar polisen, vänta"

Väntan kändes lång men snart var rösten tillbaka. Kvinnan talade med Erik långt och länge på ett lugnande sätt.

Kapitel 3

Det plingade till i Lars personsökare. Någon bakom honom hyschade honom. Therese tittade på honom. Det var fredagskväll och de var på bio ihop. En romantisk komedi med Tom Cruise och Drew Barrymore i huvudrollerna. Han tog upp sökaren och tittade på den.

"Jag måste ta det här" viskade han till Therese. Hon suckade irriterat till svars. Han fick klättra förbi några av de andra i publiken för att ta sig ut till sidogången. Han gick ut i korridoren och tog upp telefonen. Åtta missade samtal och några e-post meddelande inkomna. Han ringde upp stationen.

"Hej, det var kommissarie Lars" började han. "Ni hade sökt mig?"

"Du behöver komma in direkt" sa Jocke på växeln. "Det har skett ett mord på Kroppefjäll. En Vanessa Sterling har blivit mördad och hennes make säger att du vet vart. Något om ett jaktpass."

"Skicka en bil till biografen. Så kommer jag direkt."

Efter samtalet gick Lars in i biografen igen och klättrade tillbaka till sin plats.

"Jag måste åka, kvinnan som jag har jobbat ihop med gällande vargjakten har blivit mördad upp på fjället någonstans." Han räckte över sin bilnyckeln till Therese. "De skickar en bil att hämta mig. Vänta inte uppe" Hon tog tyst emot nyckeln.

När han kom ut ur biografen stod där en patrullbil och väntade på honom. Han ringde upp röstbrevlådan på väg till stationen. Första meddelandet var från Vanessa och han frös till av hennes röst.

"Hej! Det är Vanessa Sterling. Tjuvjägaren är på plats uppe vid passet jag hittade. Jag vet vem han är." Hon tystnade lite " Han heter Gustav Eriksson och bor i Munkedal. Hans föräldrar har en gård utanför Ellenö. En av vargarna på fjället tog hans jakthund i vintras. Jag vidarebefordrade bilderna till din e-post. Ring mig så fort du kan. Vi är uppe på fjället."

De andra meddelandena var bara från folk som sökte honom från stationen. Han kollade sin e-post och hittade bilderna som Vanessa sänt till honom. Så fort han kom in i polishuset möttes han av assistent Blom med en karta och en penna i handen. Han

tog kartan utan omsvep och målade ut ett kryss på skottplatsen

"Skicka en bil dit, resten skall mötas i lokal C om fem minuter. Tillkalla

Göteborgspiketen. Än så länge borde mördaren vara kvar där uppe." sa Lars under

tiden han kryssade i kartan.

"Ska ske" svarade Blom och vände sig om och började gå.

"Vänta!" ropade han till och Blom vände sig om. "Ta den här och framkalla alla

bilderna i mejlet från Vanessa. Lägg upp dem i datorn med så jag kan lägga upp dem

på skärmen. Skicka en bil till Gustav Erikssons lägenhet i Munkedal med." Hon tog

emot telefonen och stegade iväg igen. Han gick och bytte om till uniform och tog på

sig sin skottsäkra väst. Efter en kort genomgång där mer information som

larmcentralen fått ur Erik delgavs var de snart på väg mot fjället. Det var svart ute när

Lars rullade uppför den långa grusvägen mot mordplatsen

Kapitel 4

Gustav nådde fram till tältet. Trotts att han sprungit tillbaka kände han sig kall. Adrenalinet var på väg ur kroppen och en viss trötthet föll över honom. Han visste att han var tvungen att ta med sig allt ned från fjället för att de inte skulle kunna knyta an något till honom. Han packade ihop liggunderlaget och sovsäcken inne i tältet så fort han kunde och sedan tältet. Han tryckte ned allt i ryggan huller om buller utan liggunderlaget som han spände fast på utsidan. Han tog på sig nattkikaren och tog bågen i handen när han satte fart genom skogen längsmed myren. Hans plan var att ta sig samma väg tillbaka runt Ekelundsmossen sedan ned igenom reservatet till bilen. När han gav sig av från lägret var det helt mörkt. Han rusade igenom skogen driven av längtan att ta sig undan denna mardröm som han funnit sig i. Han övervägde att tända en lampa men visste inte om mannen som ropade i skogen hade funnit Vanessa än. Kvällskylan bet i ansiktet på honom och det var stjärnklart. Månen var stor och stod högt i himlen över myren. Än så länge kunde han se vart han gick utan att använda nattkikaren. Han stannade och tog lite luft. Nattens ljud gick igenom skogen och över myren. Grodor som kväkte, myggor som surrade och vinden som susade mellan träden. Han fortsatte mot grusvägen som skulle ta honom ned mot naturreservatet. Han kom till kanten av mossen och började gena igenom skogen. Plötsligen såg han ett ljus. Sen ett till. Emellan träden såg han bilar som fortsatte inåt fjället och några som stannat. Han hörde röster men han var för långt ifrån för att höra vad de sa. Han tog sig lite närmare. En siren blinkade till. "Satan, polisen är redan här" tänkte han.

"Sluta upp med det där!" en kraftig mansstämma ropade ut orden. "Vi vill inte att han skall veta att vi är här, va? Se till att spärra av hela vägen här så följer Inspektör Svensson med mig med hennes enhet." Ett svar mumlades men Gustav kunde inte höra det. Paniken grep tag i honom när han såg ett flertal ficklampor tändas ute på vägen och började ge sig in i skogen. Han satte direkt kurs mot öst för att undgå upptäckt. Han kom upp på en liten kulle strax intill där han la sig och kikade på vad poliserna gjorde. Han startade nattkikaren. Åtta poliser, och en hund sprang förbi nedanför kullen på väg mot samma håll han nyligen kommit ifrån. Främst gick en lång man tätt följt av en mörkhårig kvinna och två manliga poliser. Efter dem kom en kvinnlig hundförare med tre manliga poliser efter sig. De skyndade iväg utan att ta någon notis av Gustav.

"Va fan gör jag nu?" tänkte han. Han spanade ut mot grusvägen och såg hur bilar verkade sprida ut sig längsmed vägen. För att komma tillbaka ned till sin bil var han tvungen att korsa grusvägen någonstans. "Antingen får jag försöka ta mig ned söder över och gå över vägen där de inte har span på den eller så får jag ta mig rakt åt öst och komman ned på fjället på andra sidan och hämta bilen någon annan dag. Fan, då kommer de fråga mig vad bilen gjorde där uppe och allt sånt. Jag får försöka ta mig runt dem och ned." Han kände sig klarsynt uppe på den lilla kullen där han hade gömt sig. Levande på något sätt. Inte riktigt rädd utan mer upprymd. "Det helst innan de skickar den där schäfern efter mig." Han tog ut ungefär hundra meter från vägen och fortsatte mot sydlig riktning.

Kapitel 5

Lars ledde de två grupperna genom terrängen. De följde mossens kant så fort de nått fram till den. Han hade beordrat att stänga av fjället längsmed den grusvägen han hade kört upp för. I alla fall till han hade mer information och kunde göra en bättre plan. Göteborgspiketen var inkallad men det skulle ta en stund till innan den var på plats. Men med piketen skulle både fler hundar och helikopter komma och hjälpa till i sökandet. Han mindes tillbaka på sin tid i piketen. Sök efter brottslingar i skog hade han varit med om förut men oftast var det pundare eller andra kriminella som inte hade en aning om vad man skall göra för att klara sig i naturen. Men nu var det något annat. En beväpnad jägare med ett hämndbegär som var så stort att han till och med hade dödat en människa. En rysning gick längsmed hans ryggrad. Han lyfte radion.

"Jansson, kom!" flåsade Lars.

"Jansson här, kom!" han hörde inspektörens röst klart och tydligt.

"Har du nått fram till brottsplatsen än? Kom"

"Ja, alldeles nyligen. Vi har omhändertagit maken och håller på att spärra av området. Kom"

"Vi är strax där. Slut kom"

"Okej, det är uppfattat. Klart slut" Lars hängde tillbaka radion och fortsatte. Snart kom de till den plats där han var tvungen att svänga ut på skogsremsan. Månen lyste starkt över mossen men de använde ändå sina ficklampor. Assistent Blom bar en k-pist av modell MP5 med en stark ficklampa på. Det prasslade till i några buskar när de fortsatte framåt. Ett rådjur hoppade ut och Blom siktade in ficklampan på den.

"Den här jävla skogen ger mig en dålig känsla kommissarie!" sa hon när hon sänkte automatvapnet.

"Lugna ned dig" sa Lars. "Rådjuret är nog räddare för dig skall du nog se." De andra poliserna skrockade lite. Mikaela muttrade något medans de fortsatte.

När de kom fram till brottsplatsen såg de hur inspektör Jansson och hans grupp hade hängt upp en del lampor runt området. Erik hade de flyttat runt ett par träd och han satt nu med en filt över sina axlar. Inspektören mötte genast upp Lars och hälsade på honom med handen.

"Jag har talat med maken, Erik" började inspektören. "Han följde offret ut hit från vägen i västlig riktning. Men hon var för snabb för honom och när han kom fram hit var hon redan död. Vi har gått in samma väg som offret och Erik verkar ha gjort och inte sett något misstänkt där."

"Han lär ju knappast ha gett sig ut i träsket så då borde han ha gått ut den vägen vi kom fram." svarade Lars.

"Jo, det är väl min tes med"

"Attans då är det stor chans att vi gått samma väg som mördaren." Lars vände sig emot sin grupp som stod bakom honom och pekade med hela handen på den blonda kvinnliga polisen med hunden.

"Ingela, tar du med dig Borg, Fransén och Hansson och kolla om inte Isa kan få upp ett spår i den riktningen. Det finns en risk att vi har gått i förövarens spår. Vid minsta tecken på spår meddela genast via radion." De tre yngre poliserna som stod bredvid nickade förväntansfullt.

"Ska bli Lars!" svarade Ingela med en butter min i hennes annars så långsmala ansikte.

"Kom ihåg att håll er säkra. Mördaren är troligtvis fortfarande beväpnad."

"Tror vi att han bär något annat vapen än pilbågen?" frågade Ingela. Lars vände sig om mot Inspektör Jansson.

"Vad är det för skador på liket?"

"Vi kom ju hit strax innan er så jag har inte undersökt det mer än en snabb titt och då var det ett skott i pannan på offret. Det skulle kunna finnas fler skador men det är inget jag sett. En pilbåge?" Inspektören hade lämnat stationen innan informationsmötet och hade där av inte sett bilderna.

"Då får vi kolla närmare på det" började Lars. "Men ni kan börja eftersöket. Utgå från att han är beväpnad till tänderna. Han har vapenlicenser för eldhandvapen och bara för att de inte syntes på bilderna så får vi inte utsätta oss för några onödiga risker. Ni kan utgå." Ingela och hennes tre kumpaner nickade och börja röra sig in mot skogen igen efter hunden Isa.

"Ja, vi har fått bilder från en viltövervakningskamera som hänger här någonstans" Lars tittade sig runt omkring. "Vart ligger offret?" Inspektören pekade längre in åt remsan och de båda fortsatte dit. Två starka lampor lyste upp Vanessas lik där hon låg i ljungen. Hennes gula fjällräven jacka hade stänk av blod på axlarna och handavtryck på armarna och kroppen. Håret låg utfällt i grenarna runt om. Hennes blåa ögon stirrade rakt upp i luften och munnen var lätt öppen. Kommissarien gjorde en grimas samtidigt som han hukade sig ned bredvid liket.

"Detta vänjer jag mig nog aldrig vid" sa han till Jansson. Inspektören stod intill med en bister min. Lars la sedan sin hand på Vanessas ansikte och stängde ögonlocken. Han tittade närmare på hålet i pannan på henne och kunde konstatera att det var tre små märken även runt detta ingångshålet. Han pekade på märkena.

"Ser du de tre märkena runt ingångshålet?" började Lars. "Det var likadant på vargen. Det kommer från tre små klackar som är tänkta att fälla ut tre blad i spetsen vid träff. Vi kan nog utgå från att han har använt pilbågen vid mordet men givetvis får tekniska komma hit och säkerställa det hela." Lars vände sig om fortfarande på huk och stirrade upp i träden. "Kan du vända lampan där upp mot trädet" Assistent Blom hade kommit fram efter de båda äldre herrarna till brottsplatsen och vände genast upp en lampa.

"Har han suttit på samma ställe som vi var och tittade på sist" Hon spände blicken i Lars. Hennes ansikte var sammanbitet och hon höll blicken rakt på Lars utan att så mycket som att snegla på liket. "Det verkar inte bättre" svarade Lars. "Då borde kameran sitta där" Han pekade förbi Vanessa och ut mot kanten av skogen. Blom vände lampan och mycket snart glimmade det till i en stor gran. Han blickade mot assistent Blom igen. "Är du så vänlig och täcker över den åt mig, Mikaela" Blom blev lite chockad av att kommissarien använde hennes förnamn vilket inte var vanligt och gick genast bort till kameran. Hon skar loss spännbanden som höll kameran på plats med en kniv som hängde i västen bredvid en av ammunitionsväskorna. Sedan la hon ned den med linsen mot trädet. Lars suckade och gick bort mot Erik.

Erik satt på en utfällbar pall en bit bort tillsammans med en polisassistent. Lars gick rakt fram till honom där han satt med filten runt sig och en kopp te i händerna utan att märka av Lars.

"Jag beklagar sorgen, Erik" Lars höll ut handen mot Erik som skakade till på huvudet och såg upp mot Lars. Sen lyfte han sakta på handen och hälsade på Lars med ett tafatt handslag och reste sig.

"Jag heter kommissarie Lars Ljunggren och har jobbat ihop med Vanessa"

"Ja, hej" sa Erik med flackande blick och en tom röst.

"Jag förstår att det känns tungt nu men jag har några frågor som jag skulle vilja ställa dig."

"Ja, ställ du dem så får vi se vad jag kan svara på"

"Vad hände? Börja från början, Vad gjorde ni på fjället"

"Jag var ledig idag så jag följde med Vanessa upp för att hjälpa till och samla in kameror efter varginventeringen" Han pustade och stirrade ut i tomma intet. "Det tog längre tid än vi räknat med och när vi skulle åka hem såg Vanessa att hon hade fått bilder från viltkameran här. Det visade sig vara en ung Gustav ifrån Munkedal eller nåt sånt på bilderna och han var på väg att tjuvjaga varg om jag förstod det rätt."

"Vad gjorde ni då?" frågade Lars. Erik vände blicken upp mot Lars.

"Hon försökte ringa dig men fick inget svar. Jag tror hon kom fram till en telefonsvarare. Sen skickade hon bilderna till dig via e-post tror jag."

"Det stämmer jag har fått meddelandet och bilderna"

"Varför svarade du inte?" Erik spände blicken i Lars.

"Jag var upptagen på annat håll" Lars skämdes för att han missat samtalet eftersom han varit på bio och vacklade med blicken.

"Jaja, det spelar väl ingen roll nu ändå." Eriks blick vändes åter igen ut i mörkret.

"Vad gjorde ni sen då?"

"Vi tog bilen närmare hit" Eriks röst var tom. "Vanessa försökte nå dig fler gånger men sen började hon föreslå att vi skulle ut hit och jaga bort honom. Jag försökte resonera med henne men hon blev sådär beslutsam som bara hon kan bli och gav sig ut i skogen. Jag följde på men hann inte med. Jag tror inte hon märkte att jag halkade efter trotts att jag ropade." Erik slog händerna över ansiktet och började gråta igen. Lars la ena handen på Eriks axel och lät honom gråta ut lite. Erik snörvlade och drog bort tårarna med jackärmen innan han fortsatte.

"Jag tyckte jag hörde något framför mig. Någon rörelse. Så jag ropade ut i efter Vanessa. Ingen svarade men jag hörde hur någon börja springa här ifrån." Erik pekade med handen bort åt skogen som Lars kommit ifrån. Sedan torkade han sig under näsa med ärmen. "Det var då jag fann henne. Jag trodde först att hon skämtade. Sen trodde jag hon hade ramlat och rusade fram till henne." Han började gråta högljutt och brölade nästan. "Jag såg det lilla hålet i huvudet på henne" Han började skälva. "Jag vet inte hur länge jag bara satt där med henne innan jag ringde. Kan ha varit i en timme eller några sekunder. Jag bara vet inte." Lars ropade dit inspektör Jansson som fick i order att få ut Erik till vägen och ta honom till säkerhet. Erik reste sig och var på väg bort med Jansson när han plötsligen vände sig om mot Lars. "Bilen!"

"Vadå?" frågade Lars.

"Gustavs bil står nog nere på vändplanen under naturreservatet. Sist gång jag och Vanessa var här och hämtade kameror så stod hans bil nere på samma vändplan som vi parkerade på. Vanessa trodde att han måste ha varit här då med och jagat."

"Har ni sett bilen där idag?"

"Nej, vi åkte upp på fjället istället idag. Men det känns som om det hade varit en bra plats att parkera på." Lars började genast rota i fickorna och fick upp en karta och gick fram till Erik.

"Kan du peka ut vart?" Erik tog emot kartan och började vrida på den.

"Det borde vara den vändplanen men skulle även kunna vara denna. Det var Vanessa som hade koll. Jag bara hängde med liksom men om man ser det utifrån reservatet sett så borde det vara där."

"Vad var det för bil" frågade Lars.

"En röd pickup" svarade Erik. "Det satt en dekal bak på den."

"Vad för dekal?"

"Jämthund, alla gråhundsägares dröm!"

Kapitel 6

Ingela gick först med Isa i lina. De gick nästan samma väg tillbaka som de kommit men snart vek de av upp åt skogen. Borg gick precis bakom Ingela med båda händerna på sin pistol. Fransén och Hanson gick bakom honom med sammanbitna läppar. De båda bar var sin MP5a hängandes på bröstet. En glänta öppnades sig framför dem och de kunde se att marken nyligen varit tilltryckt på platsen. En gammal eldstad fanns där med.

"Han måste ha slagit läger här" sa Ingela. De andra tittade runt omkring och kom fram till det samma.

"Här måste tältet ha stått" sa Borg och pekade med pistolen.

"Sluta vifta runt med den där innan du skadar någon" sa Fransén. Den lite äldre, kortare och grövre polisen stirrade på sin långa, blonda och nyexaminerade kollega. Borg sänkte vapnet och hängde tillbaka det i sitt hölster. Ingela fattade komradion som var fäst på hennes vänstra axel och anropade Lars.

"Kommissarie Ljunggren, kom." Det blev tyst en liten stund.

"Kommissarie Ljunggren här, kom" svarade Lars.

"Det var hundpatrull ett här. Vi har funnit en plats vi tror ha använts av den misstänkte som lägerplats. Kom."

"Vad bra! Jag kan se er position på gps-enheten och markerar den så kan vi kolla upp den senare. Kom"

"Jag tror att Isa har isolerat den misstänktes spår så jag skulle vilja släppa henne efter förövaren för att snabbare komma ikapp. Kom."

"Förfrågan beviljad! Slut kom."

"Det är uppfattat! Klart slut." Ingela tittade på sina kollegor "Nu fångar vi den här jäkeln!"

De andra tre nickade instämmande.

"Sitt" sa Ingela till schäfern Isa som satte sig genast. Ingela tog av halskedjan pekade ut i skogen och sa "Sök". Hunden rusade iväg som ett kanon skott igenom buskarna. Det fyra poliserna satte genast av efter. Gruppen följde i schäferns spår som de fick in på en gps-pejl som Ingela bar. Spåret gick parallellt med deras egna spår på väg rakt emot kurvan där de hade lämnat bilarna. Ingela rapporterade hela tiden deras riktning till de andra enheterna och till Lars. Snart var de så nära där de hade släppts av att de kunde se bilarnas ljus mellan träden. Där vände spåret upp för en liten kulle. Hunden hade nu utökat sitt försprång mot hundpatrullen. Hon hade tagit av åt öster och verkade följa vägen mot söder inne i skogen.

Något hade rört sig i skogen och fått fart på flocken. Garm ledde dem framåt. Natten hade fallit för länge sedan och nu var det dags för jakt. Myggorna hade lagt sig så nu var det åter lätt att röra sig i skogen. Det var sommar men luften var sval. Garm kände doften av gummi, doften av människa. Han valde att ta svängen norr ut. Flocken följde med honom. Långt bort kunde han höra ljud som inte stämde in. Bildörrar som stängdes och motorer som brummade. Något var i görningen på fjället denna natten. Han följde spåret av människan åt motsatt håll. Så doften av gummi blev svagare och svagare. Ett ljud ljöd genom skogen. Ett tassande ljud inte långt ifrån ljudet av hans egna flock men klumpigare. Han styrde rakt mot ljudet och kom över ett krön. Bara några meter nedanför krönet på andra sidan möttes hans blick av en hund som hade nosen i backen. De båda stoppade och flocken slöt upp sig bakom Garm. Den tröga hunden började målmedvetet följa spåret igen. Garm rörde sig mot den. Hunden stannade igen. Vände om och började fly. Garm satte fart och resten av flocken med. En av de unga tikarna var först på hunden och satte tänderna över ryggen på den. Hunden tjöt till och snodde runt för att försvara sig men möttes snabbt upp av Garm som slängde sig in mot strupen på schäfern. Hunden vrålade under tiden som de andra vargarna bet tag i henne och slet henne itu.

Ingela lutade sig över Isa. Buken och halsen var uppfläkta på schäfern i gräset framför dem. De hade sett gula ögon när de närmade sig platsen de funnit hunden på. Ingela visste redan vad som hade hänt. De kunde höra hundens skri från långt håll och då hade de ökat takten men kommit fram försent. Hon hade övat Isa sen hon var liten. Disciplin, spårning och att gripa bovar. Ingela visste att det fanns en chans att polishundar kunde dö i tjänsten men oftast så var det en förövare eller en trafikolycka.

Men att komma fram till sin närmaste kollega de senaste fyra åren och hitta henne lemlästad var hon inte beredd på. Handen gick upp till munnen sedan till ögonen. Hon sjönk ned på knä bredvid Isa. Fransén la handen på hennes axel.

"Jag beklagar sorgen" sa han. "Hon var en fin hund. Men vi måste rapportera in det." Borg hade åter igen tagit upp sin pistol och såg nu livrädd ut.

"Vem fan kan ha gjort så med en hund!" Borg irrade runt platsen. "Vad var det för ögon?"

"Lugna ned dig!" Hansson röt till mot den yngre polisen. "Du fattar väl att det är vargar som har tagit hunden eller?" Borg verkade lugna sig något och stoppade ned pistolen.

"Ja, jo vad skulle det annars vara?" Borgs röst var osäker. Ingela snyftade till och drog av näsan med ärmen.

"Jag rapporterar in det" sa hon. "Kommissarie Ljunggren, kom" En kort tystnad följde.

"Kommissarie Ljunggren här, kom" svarade det i radion.

"Hundpatrull ett här. Vi följde hunden in i skogen mot öst och sedan snett nedåt syd. Vi hörde ett ljud längre fram." Ingela blev tyst och tvingades torka sina tårar igen.

"Hörde vadå för ljud? Kom" Lars hörde att det var något som inte stämde.

"Vi hörde ljudet av en hund som skrek" Fransén tog över samtidigt som han åter la handen på Ingelas axel. "Det lät som att det inte var så långt bort ifrån oss så vi satte fart dit. Väl framme möttes vi av gula ögon i mörkret. Vargarna har tagit Isa. Så vi har tappat spåret. Vad gör vi? Kom."

"Va?" Lars nästan gapade in i radion. "Har vargar tagit hunden?"

"Ja. De stack när vi kom fram men av att döma på skadorna på hunden så är det inget en människa har gjort. Vi såg bara deras ögon i mörkret. Vad ska vi göra? Kom" Det blev tyst en liten stund.

"Kan ni få med er hunden därifrån?"

"Jag tror det"

"Bra. Ta er då ut till vägen och förstärk bevakningen av den. Ingela kan ta det lugnt en stund." Lars tystnade litet innan han fortsatte. "Jag beklagar sorgen Ingela. Jag tror att den misstänkta har för avsikt att ta sig runt vår avstängning av vägen och ta sig ned till en bil på andra sidan. Ju fler som bevakar vägen ju bättre. Kom"

"Tack Lars" Med en liten snyftning bröt Ingela in i samtalet.

"Ja, det är uppfattat kommissarie! Slut kom." Fransén lät brysk. Han ville inte stå här och dalta med döda hundar när en mördare var lös.

"Inget mer att tillägga. Vi är också på väg ut ur bushen. Piketen är snart här. Klart slut!" Lars lät andfådd. De använde sig av Ingelas jacka och två grenar för att göra en bår som de bar Isa på och tog rak riktning mot grusvägen. Månen sken ned över grantopparna och de kunde höra vargarna yla djupt inne i skogen.

Kapitel 7

Gustav joggade genom skogen. Han ryckte till av ett ylanden. Vargarna var ute. Hans tankar for direkt till Garm, den svarta besten som ledde flocken på fjället. Snabbt skakade han av sig tanken att ge sig efter dem nu. Han var den som var jagad i natt och inte utav några vargar. Poliser med vapen och hundar. Gustav tyckte det var konstigt att han inte hunnits ikapp av hundarna än. Kanske vågade de inte släppa dem på grund av vargarna. Han hade gått i en stor båge mot öst och sedan mot syd. Gustavs plan var att ta sig över grusvägen längre ned för att kunna ta sig vidare ned till bilen. Detta borde räcka tänkte Gustav och svängde västerut. Han tog sig över en liten kulle och kunde se bilarnas ljus mot norr på den lilla grusvägen strax nedanför honom mellan träden. Trotts att solen gått ned för någon timme sedan var himlavalvet i norr fortfarande blått. Resten av himlen var täckt av stjärnor och månen lyste starkt och fick grusvägen att likna en slingrande orm där nere. En tanke for igenom Gustavs huvud. "Inte en dum natt att dö på!" Han skakade bort tanken genast. Han ville hem till Munkedal och gå och lägga sig sin säng och låtsas som om det här aldrig hade hänt. Han ångrade sig djupt för vad han hade gjort men nu behövde han ta sig så långt bort från fjället som möjligt. Han började med att ta sig ned från kullen. Pilbågen vägde i hans vänstra hand. En pil låg på strängen. Ryggan skavde lite genom kläderna så han stannade upp och drog åt några remmar vilket hjälpte.

Strax innan vägen stannade han och pustade ut. Han smög ned sista biten och spanade ut i mörkret med nattkikaren men kunde inte se någon. Ett djupt dike låg mellan honom och vägen. "Nu eller aldrig" tänkte han och tog sig ned i diket och hoppade över den lilla bäcken. Han var precis på väg upp ur diket, upp på vägen när en ficklampa tändes längre bort rakt mot honom. Han frös till i en halvsekund som ett rådjur i helljus.
"DU DÄR, STANNA!" ropade någon "POLIS!" Gustav vände genast på klacken och hoppade över diket igen.
"JAG SKJUTER! STANNA!" Gustav tog sig upp ur diket på andra sidan och vände

snabbt blicken mot polisen. Det ven till i luften utav ljudet av en kula som träffade ett träd strax bakom Gustav och han fick åter upp farten. Ett skott till avlossades men detta var längre ifrån målet. Tyngden av bågen gjorde sig påmind i Gustavs hand. Han hade kommit en bit upp i backen och ljuset från polisens ficklampa verkade inte längre fäst på honom. Det gick från sida till sida och sökte av terrängen. Han snodde runt igen och tittade ned mot poliserna som han nu såg att de var två. Den ena bar pistol och höll på att tala i radion medans den andra sökte av terrängen med ficklampan på sin k-pist. Gustav bedömde avståndet till fyrtio meter. Han spände bågen och avlossade en pil mot mannen med k-pisten. Pilen ven mellan träden och träffade polisen i axeln som genast föll bakåt. Den andra polisen började nu skrika i radion samtidigt som han slängde sig ned och och tog tag i sin vän.

"VI ÄR UNDER BESKJUTNING! ALLA ENHETER! JAG REPETERAR! VI ÄR UNDER BESKJUTNING" Gustav passade på att smita upp för kullen igen under tumultet som pilen orsakat.

På toppen av kullen stannade Gustav till. Han hörde en man skrika av smärta nere på vägen. Troligtvis var det mannen han skjutit. Den svala luften slog emot honom och han kände en viss frihetskänsla som sköljde över honom. Känslan var starkare än något han känt tidigare. Som att han gjort något busigt men samtidigt levnadsändrande. Längre bort längs vägen kom ljuset av lampor fram mellan träden. Känslan försvann och han vaknade till verkligheten igen. Han var en mördare och han måste ta sig härifrån innan poliserna tar honom. Eller ännu värre, skjuter honom. Han gav sig av ned för kullen på andra sidan och ut mot det vidsträckta Kroppefjället. Denna höjdplatå full med skogar, myrar, vargar och nu också en mördare jagad av poliser. Han tog ut kursen mot nordöst som skulle föra honom längre bort från bilen men också längre bort från civilisationen. Hans plan blev att försöka ta sig över fjället under natten och kunna ta sig ned på andra sidan för att därifrån ta sig vidare med en buss eller lifta. Hans händer skakade av adrenalinet som for igenom kroppen samtidigt som han la en ny pil på strängen. Han drog åt remmarna på ryggsäcken och satte ett högt tempo ut genom skogen. Hans öron var spända bakåt medans ögonen blickade framåt där han försvann ut i natten. Ljudet av en helikopter fick honom att öka på stegen.

Kapitel 8

Lars klev ur bilen så fort de kom fram till assistent Holm och Olsson. Olsson hade dragit Holm ned i ett dike på ena sidan av vägen och låg och siktade med Holms MP5a upp i en kulle på andra sida vägen. Lars rusade mot dem men blev till sin förvåning omsprungen av assistent Blom som slängde sig ned till dem glidandes på sidan.

"Vad har hänt med honom?" frågade Mikaela med en nästan kall ton.

"Han fick en pil i axeln av en snubbe som försökte ta sig över vägen!" Olsson pekade upp mot kullen med k-pisten. "Han är där uppe någonstans."

Holm grymtade till och öppnade försiktigt handen som han höll tryckt mot sin vänstra axel. Mikaela såg att det rann blod ut ur axeln både på framsidan och baksidan om den. Armen hängde livlöst rakt ned men Holm var i alla fall i någon form av medvetande. Lars pressade sig fram och hade redan fått upp sitt första förband som han alltid bar i vänster benficka.

"Han är i chock, Mikaela" sa han och höll fram en bit rullad vadd till henne som hon tog emot. Tillsammans drog de ned Holms uniform från axeln så att de lättare kom åt såret. Ingångshålet var litet men utgångshålet var vidrigt. Lars fick ned handen i Holms benficka och fick fram hans egna första förband som han använde för att stoppa blödningen i utgångshålet. Mikaela stoppade vadden hon fått av Lars i ingångshålet och tillsammans band de fast allt med Lars förband som de öppnat först. Fler bilar anlände längre inne från fjället. Nästa grupp på plats var Ingelas grupp med Borg, Fransén och Hansson. De sökte snabbt av terrängen upp mot kullen och kunde konstatera att ingen var kvar. Snart hördes bilar från söder.

Piketens tunga terräng pik-upp följt av två vanliga bussar rullade fram emot de samlade. Ingela tog över Lars plats med den skadade polisen medans han gick upp för att möta dem. Det kraftiga fordonet stannade framför Lars och ut ur samtliga bilar rusade tre grupper med insatspoliser ut. En något kortare än de andra stora männen klev ut ur det nyare monstret till bil och klev rakt fram mot dem. Lars kände genast igen kommissarie Jörgen Järnhand från sin tid hos piketen. Jörgen hade kommit in ett par år efter Lars och hade hamnat i samma grupp under Lars. Jörgens ansikte var grovhugget med helt renrakad grov haka. Han slog ut högerarmen något åt sidan när han närmade sig Lars samtidigt som ett stort leende spred sig över hans ansikte.

"Kommissarie Ljunggren!" Jörgen fattade Lars underarm med sin kraftiga hand och Lars svarade på samma sätt i krigarnas handslag. "Vad har du hamnat i för problem nu då som du vill att jag skall rädda dig ur?"

"Ja, den misstänkte är en tjugofyraåring från Munkedal som tros ha varit här för att tjuvjaga varg men blev konfronterad av en kvinna från rovdjursförvaltningen. Hon dödades och när vi kom till platsen satte jag igång en spårningsgrupp. Våran hund blev dödad av varg så vi tappade spåret. Tills alldeles nyligen då den misstänkte försökte ta sig över vägen här och sköt en av mina mannar och sen gav sig upp i kullen där." Lars pekade med hela handen upp i kullen samtidigt som en helikopter närmade sig från sydväst. Insatspoliserna hade snart två hundar framme med och en lång man med en liten brytning delade ut order om att dela upp sig i två grupper.

"OH satan, du är lika korrekt som du brukar vara" Jörgen log och såg sig om. "Är det mannen som är skadad?" Han pekade bort mot assisten Holm.

"Ja, det är han. Vad är det för ny inspektör du har där?" Lars pekade mot den långa grova mannen som delade ut order bakom dem.

"Det är Danno Cheblowski. Han hade du gillat" Jörgen klappade till Lars på ena axeln. "Han är lite mer korrekt som du är."

"Ok! Ni bör nog överväga att spåra med hundarna i lina. Det kryllar av vargar här uppe och vi har redan blivit av med vår bästa spårare." Lars såg Jörgen i ögonen.

"Ah! Det tycker nog inte killarna om. Men det är ju onödigt att chansa. Vi hinner nog ikapp honom snart." Jörgen bet ihop och nickade lite medans han tittade på hundarna. Mikaela kom gåendes mot de båda herrarna med något i handen.

"Jag fann den här i diket" Mikaela höll fram en pil med tre stora blad som fälts ut.

"Nu vet ni vad ni har att jobba med." Jörgen stack fram sina händer som var klädda i svarta skinnhandskar och tog emot pilen.

"Åh fy fan! Det är ju såna som amerikanarna jagar buffel med." Han tittade förundrat på pilen. "Hur är det med honom?" Han nickade mot assistent Holm. Mikaela ryckte på axlarna.

"Han har förlorat en hel del blod men skottet verkar mest ha träffat vävnad"

"Jag tänkte att vi beordrar helikoptern att föra honom till sjukhuset direkt" sa Lars.

"Den stunden den försvinner lär inte vara avgörande ifall vi fångar den misstänkte."

"Nä, jag ordnar det" sa Jörgen och avlägsnade sig bort mot sina mannar med radion förd till munnen.

Strax därpå vinschades assistent Holm upp i polishelikoptern ovan dem och försvann över natthimlen i riktning mot Trollhättan. Insatspolisen delade in sig i två grupper med varsin hund. Jörgen ledde gruppen som började söka vid platsen där de båda poliserna sett Gustav och den andra gruppen ledd av inspektör Cheblowski gick in längre söderut längs vägen. Vilket borde vara närmaste vägen mot civilisation för den misstänkte. Lars posterade återigen ut sina poliser längsmed grusvägen för att blockera den eventuella flyktvägen för Gustav och stoppa honom att komma ned till sin bil. Två ambulanser kom till platsen och togs emot av Lars. Den ena tog med sig Erik och den andra Vanessas lik.

Kapitel 9

Gustav höll bra fart åt nordost. Han kikade frekvent på sin kompass för att förvissa sig om att han höll kursen. Helikoptern hade hörts tydligt en stund nu men verkade den plötsligen åka åt andra hållet. Han kände sig lättad och tänkte att det kanske varit en ambulanshelikopter och inte en polishelikopter men ljudet av den hade kommit alldeles för fort efter att han skjutit polisen för att det borde vara så. En liten oval sjö dök upp till vänster om Gustav. "Äntligen" tänkte han och plockade upp sin karta ur fickan. Han hade svårt att lokalisera sig och hade mer eller mindre vandrat i blindo sedan han skjutit polisen men nu kunde han se vart han var på kartan själv. Stora Örlevattnet hette sjön. Han blev genast besviken på kursen han valt att gå. Om han fortsatte i samma kurs skulle han hamna mitt emellan ett flertal myrar och hans tempo skulle sjunka avsevärt samtidigt som han skulle bli tvungen att röra sig fram helt öppet. Han letade på kartan efter alternativa vägar och såg att om han svängde av rakt åt öst så borde han nå en liten bäck om femton hundra meter. Om han sen fortsatte åt öst skulle han kunna nå några mindre grusvägar ganska snart men då blev han tvungen att korsa några mindre myrar. Dessutom skulle vägarna där leda honom ner till en väg på östsidan av Örsjön. Valde han istället att gå norrut ett par kilometer när han nåt bäcken skulle han kunna vika av österut någon kilometer till och nå en annan skogsväg och kunna ta sig ned från fjället närmare Dals Rostock. Där borde han kunna förflytta sig vidare med en buss eller något. Han la kartan i fickan igen och tog steget mot öst. Vikten av ryggsäcken gjorde sig snart påmind när han vandrade vidare i den tuffa terrängen. Han gladde sig över att det var sommar och att han hade packat den lätt. Han övervägde att dumpa grejer ur den men bestämde sig för att han inte ville lämna något som kunde bindas till honom efter sig. Det började luta uppför och Gustav kämpade på upp för en ås framför honom. I norr kunde man skönja solen bakom horisonten. Uppe på toppen drog en lätt bris igenom de höga tallarna och han kunde se långt. Men ändå bara skog, våtmarker och kullar.

"Vov" hörde han dovt bakom sig. Han vände sig om och lokalisera ytterligare ett skall från en hund. Det var avlägset men kom i rak västlig riktning. Troligen var det en polishund som markerade var han bytt kurs. En krypande känsla av att vara jagad grepp honom och han lyssnade intensivt med ena handen upp mot örat för att försöka få mer information om hans förföljare. Men det var tyst som graven bortsett från ett hoande från en uggla någonstans i fjärran och ljudet av vinden i träden. Han vände sig om och satte fart ned mot öst i riktning mot bäcken.

På andra sidan kullen planade marken ut. Han höll ett högt tempo men stannade till ibland och lyssnade bakåt. Han plöjde igenom ett skogsparti med granar som var stora och höga. Marken var lätt att vandra på och det kändes som att han borde vinna avstånd från sina förföljare. Skogen framför honom tätnade och han använde högerarmen för att fösa sig igenom. En liten myr öppnade sig på andra sida buskaget. Han hade sett en myr på kartan bara några hundra meter från bäcken. Han råkade sätta foten på en grov gren som brast på väg ut i myren. Han stannade till och lyssnade. Hundskall ljöd snart rakt bakom honom. Det var mycket närmare än tidigare. Kanske bara några hundra meter. Mycket svagt kunde han höra en grov stämma ropa något "Polis ..... ned"

"Fan!" tänkte Gustav och började springa ut över myren. Hans kropp var sliten och det värkte i axlarna av tyngden av ryggsäcken. Benen fastnade i gyttjan i myren och han kämpade för varje steg han tog. Myren var kanske inte bredare än trettio meter men när han kom över var han lerig, våt och rejält trött. Han stannade och blickade tillbaka över myren. Ett till hundskall hördes plötsligen. Det var mycket närmare än tidigare. Snart hörde han hur det rasslade till i buskaget på andra sidan och ut kom en stor svart skepnad av en schäfer springandes rakt emot honom. Han slog på mörker kikaren och höjde bågen. Han vred snabbt ned siktet och började sikta. Månskenet reflekterades i hundens ögon där den nästan ljudlöst for över myren. Gustav tog sin tid på sig och siktade in sig. När hunden bara var ett tiotal meter bort släppte Gustav iväg pilen som ven igenom luften och träffade hunden som med ett tjut föll framlänges och rullade något framåt innan han stoppade helt. Gustavs puls ekade i öronen på honom. Han la genast en ny pil på strängen och drog upp bågen igen. Han iakttog hunden samtidigt som han blickade mot trädgränsen på andra sidan myren ifall någon mer hund var på väg. Det var helt tyst. Han beslutade sig för tro att de bara hade släppt en hund och gav sig vidare mot bäcken med hjärtat pulserande i bröstkorgen.

Det var brantare än han trott vid bäcken som låg nere i svacka. Han fick använda båda händerna för att ta sig ned för den lilla kanten innan bäcken. Väl nere gick han fram till bäcken genom mossa som gungade och sjönk ihop av hans tyngd. Bäcken var inte mer än två meter bred och inte särskilt djup. Han stegade ut i den. På andra sidan var det endast en lite brantare backe upp ur svackan. Gustav gick snabbt upp ur vattnet och upp för backen. Där uppe var ett gammalt kalhygge. Slyn hade växt sig hög och detta passade Gustav perfekt som efter bara någon meter in i den täta terrängen tvärvände. En uggla hoade på en gren längre bort och startade genom att slå ut sina stora vingar och falla ned från trädet. Månen lyste starkt över träden. Gustav gick noggrant i sina egna steg tillbaka ned till bäcken. Vattnet var kallt och när han vadade ut i den gick det snart upp till knäna på honom. Han började följa bäcken uppströms mot norr. Vadande för att dölja sin lukt för nya hundar. "Må detta förvirra dem" tänkte han.

Kapitel 10

"Cheblowski kom in" sa Jörgen i radion. "Cheblowski kom in!" Jörgen stod ute i myren bredvid den skjutna schäfern. Han tittade på den och sen upp mot sin grupp och skakade på huvudet. "För fan Cheblowski, kom in!"

"Cheblowski här! Kom" Cheblowskis röst sprakade genom radion.

"Järnhand här. Vår hund har blivit skjuten av den misstänkte så vi behöver assistans genast. Kom"

"Ja, det är uppfattat. Jag ser på pejlen att ni är en kilometer norr om oss. Vi ändrar kurs genast. Kom"

"Bra! Håll utkik bara. Denna killen verkar skjuta på allt som rör sig. Slut kom."

"Ja, det är uppfattat. Vi beräknar att vara där om tio minuter. Klart slut"

Jörgen tittade på sin grupp. "De är här om tio." Han satte sig på huk bredvid hundföraren Jonas som inspekterade hunden.

"Det gick i alla fall fort" sa Jonas. "Han har träffat henne rakt igenom munnen och pilen har tagit ut nackkotorna. Hon var nog död innan hon slog i marken."

"Jävla synd på en sådan fin hund" sa Jörgen. "Beklagar sorgen. Vi kommer alla att sakna henne." Resten av gruppen nickade. Jörgen reste sig och tog fram en karta. En av de andra poliserna lyste på den så att kommissarien kunde se. Han såg att oavsett om grabben skulle vika åt nordost eller sydost så skulle han snart nå vägar på andra sidan. Visserligen bara grusvägar men det skulle göra honom mycket snabbare. Jörgen växlade ett par ord med de sina innan han beslutade sig för att knyta åt ringen runt Gustav.

"Kommissarie Ljunggren kom!" sa Jörgen i radion. " Ljunggren kom!"

"Kommissarie Ljunggren här, kom." Lars röst ekade genom radion.

"Kommissarie Järnhand här. Jag vill att du delar upp dina mannar och behåller några på den sidan ni står på men samtidigt sänder över grupper till andra sidan fjället. Jag tänker mig att du kan sätta poliser vid grusvägarna som leder till Bodanesjön, något ställe som heter Stampen och högre upp i skogen vid Gunvarbyn. Kom"

"Jag sitter här med en karta framför mig. Vad sägs om att jag flyttar in dem lite mot

Åsmulesjön, vändplanen vid Karussemossen, Bodane, Busjöviken, Havrehult och Hägdenäset? Kom" Jörgen letade upp namnen på kartan och nickade instämmande. "Har du mannar till det? Kom"

"Jag har fem grupper här nu. Jag kan behålla två grupper på denna sidan och så kan jag dela upp de tre andra grupperna i sex mindre så borde det gå. Kom"

"Ja, det låter bra. Verkställ det. Har du hört något mer ifrån helikoptern? Kom"

"Den är på väg tillbaka nu. Slut kom"

"Vad bra. Rapportera när ni placerat om er så håller vi er uppdaterade hur det fortsätter här. Klart slut." När Jörgen slutat tala i radion gick han igenom planen för sin grupp. Tanken var att vänta in Cheblowskis grupp och fortsätta följa det varma spåret och hinna ikapp förövaren eller putta ut honom framför någon av kommissarie Ljunggrens patruller. Helikoptern skulle få komma och hjälpa dem att lokalisera den misstänkte. Ett mollande ljud närmade sig från syd. Jörgen fick kontakt med helikopter och delade sin position med dem och förklarade för dem åt vilket håll han misstänkte att förövaren hade rört sig. Innan Cheblowski kommit fram till Jörgen så svepte helikoptern in över Jörgens grupp och påbörjade sitt sökande.

Kapitel 11

Gustavs tänder hade börjat hacka. Han var frusen in i märgen när han hörde helikopterns dova sus för första gången sedan han lämnat poliserna vid vägen. Han sprang fortfarande i bäcken mot norr och väggarna på ravinen runt om honom hade blivit både högre och brantare sedan han tog sig ned i bäcken och börjat vada. "Nu måste hundarna ha tappat spåret på mig" tänkte han och vek av upp på sidan av bäcken. Han kollade på klockan och uppskattade tiden han sprungit i vattnet till en kvart. Han kollade bakåt mot hållet han kommit från och såg långt där borta sökljuset från helikoptern. Den verkade gå mot öst. Precis som han hoppats på verkade hans snabba vändning och villospåret han lagt ut fungera. Långt bort i fjärran började natthimlen bli ljusare och ljusare. Han kollade kartan och såg att han rört sig lite över en kilometer norrut. Benen värkte när han tog sig upp ur vattnet och skakade som asplöv. Snart skulle ravinen runt honom plana ut och då skulle han kunna ta åt öst mot en grusväg. Ljudet från helikoptern ändrades snabbt och han vände sig om. Det visade sig att den hade vänt och kom nu rakt upp mot hans håll. "Fan, den har väl värmekamera, den där jäveln" tänkte Gustav. Det stod helt stilla i huvudet på honom i någon sekund innan han kom på det. En gammal klasskamrat till honom som gjort lumpen som jägarsoldat hade någon gång berättat att man kan använda sig av liggunderlag för att undgå upptäckt av värmekameror. Han slog på nattkikaren och följde bergskammen på sidan om honom med blicken. En liten skreva i berget syntes lite längre fram. Han rusade dit och tog av sig ryggan, drog av liggunderlaget från den och slängde in ryggan i öppningen. Ljudet av rotorbladen som ven igenom luften kom närmare och närmare. Gustav tryckte in sig själv och bågen framför väskan och försökte täcka öppningen i den lilla skrevan med hjälp av liggunderlaget. Det var bökigt att få till det. Bågen tryckte honom i sidan och han slog i armbågen i berget under tiden som han försökte dra in kanterna av liggunderlaget emot de hårda bergsidorna. Han fick till slut till det någorlunda som han ville ha det. Liggunderlaget satt nästan som ett lock på utsidan den lilla kilen in i berget som han låg intryckt i. Ljudet kom närmare och närmare. Han kunde höra sin egen andhämtning flåsandes mot liggunderlaget. Snart lystes springorna runt liggunderlaget upp av sökljuset. Det kändes som om hjärtat skulle stoppa på Gustav men lika snart som det dykt upp så försvann ljuset igen. Lite längre norrut kunde han höra hur helikoptern vände igen och gick tillbaka i sitt lugna sökande tempo tillbaka mot syd fast nu något mer mot öst. Gustav rullade ut igen och surrade snabbt fast liggunderlaget på ryggsäcken igen och fortsatte norr ut.

Kapitel 12

Jörgen hörde hur det prasslade i skogsbrynet. De stod fortfarande kvar ute på myren.

"Kommissarie Järnhand, kom" det sprakade till i radion och Jörgen kände igen Cheblowskis röst.

"Kommisarie Järnhand här, kom"

"Vi närmar oss myren från sydsidan, kom"

"Ja, det är uppfattat. Vi hör er längre ned. Slut kom"

"Då kommer vi snart fram. Klart slut"

Det dröjde en halvminut sedan såg Jörgen hur den sex man stora gruppen dök upp i kanten på myren. De följde kanten på den långsmala myren upp till skottplatsen. Jörgen ledde sin grupp till skogskanten och mötte där upp den annalkande gruppen. Schäfern som Cheblowskis grupp hade med sig gläfste in åt skogen. De båda grupperna hälsade på varandra och Jörgen började ge dem en mer fullständig rapport om vad som hänt.

"Vi följde spåret som till en början gick åt nordost och sen vek av åt öst. När vi närmade oss myren här så hörde vi hur det knäppte till framför oss och hunden markerade så vi ropade ut att han skulle lägga sig ned och släppte på hunden. Det tog en stund sedan hörde vi ett tjut framför oss och när vi kom fram så hade han fällt hunden med en enda pil." Poliserna i den andra gruppen nickade unisont.

"Låt oss inte slösa mer tid utan följa efter den jäkeln" Cheblowski bröt lite lätt när han talade. "Hunden har fått upp spår så om kommissarien godkänner så fortsätter jag gärna nu."

"Ja, vi fortsätter med bägge grupperna och så får vi se vad som händer" nickade Jörgen. Sedan satte de båda grupperna av efter hunden.

Snart kom de ned i en svacka. De fick lyfta ned hunden för den branta kanten men med tolv poliser var det inga problem. Hunden tog genast upp spåret och fortsatte ut över en bädd av mossa och ned i en bäck. Han fortsatte upp på andra sidan mot öster. De kunde höra dånet av helikoptern som sökte av framför dem. De tog sig upp ur svackan och in ett tätt snår med sly. Ett gammalt kalhygge som nu var fyllt med små björkar och aspar. Hunden drog i full fart ut i tättingen och poliserna följde efter. Det kändes som en evighet inne i slyet. Polisen bakom Jörgen snubblade på gamla stockar och grenar och deras tempo sänktes rejält. Hundföraren som gick precis efter hunden ropade till framför dem.

"Detta stämmer inte. Vi har gått i cirklar sen vi gick in på kalhygget. Jag tror han har tappat spåret"

"Kan vi gå tillbaka till där vi gav oss in och göra ett nytt försök att ta upp det igen?" frågade Cheblowski.

"Ja , det kan vi göra men jag är inte säker på att det kommer hjälpa. Astor är extremt spårnoggrann. Om han har missat det första gången tror jag inte det blir lättare nu när vi klampat runt i spåret med."

"Vi tar oss tillbaka och gör et försök till i alla fall" Jörgen bröt in i samtalet. Det använde sig av gps-enheten för att ta sig tillbaka till där de gett sig in i slyet. Jörgen stod där och beordrade in endast en liten grupp som skulle följa hunden. Tanken var att fler skulle ge sig efter när hunden kommit ut på andra sidan. Cheblowski, hundföraren och två poliser till gick in men mycket snart var det uppenbart att de gick i cirklar igen. Jörgen kände sig sliten och kollade runt omkring sig på sina mannar. De såg trötta ut allihop. Han kallade tillbaka Cheblowski igen. Då slog det honom.

"Bäcken!" tänkte han högt och alla tittade upp på honom. "Den jäveln har använt sig av bäcken!" Jörgen tog tag i sin radio och anropade helikoptern.

"Har ni sett något än ifrån skyn? kom"

"Nej, här verkar det tomt. Kom"

"Kom tillbaka till oss och följ bäcken åt norr som vi precis passerat. Kom"

"Ja, det är uppfattat. Kom" Innan Cheblowski och hundföraren var tillbaka kom helikoptern och susade över deras huvuden och tog av åt norr över bäcken. Snart kom också hunden ut ur slyet tätt följd av sin förare, Cheblowski och de två andra poliserna. De flåsade kraftigt allihopa utan hundföraren som knappt såg bekymrad ut. "Jag tror den jäveln har lurat oss" började Jörgen. "Han har nog bara tagit några steg upp hit och in på hygget för att sen gå tillbaka till bäcken och använt den för att bli av

130

med vittringen"

"Självklart!" sa hundföraren. "Den misstänkte är väl jägare. Då har han absolut koll på sånt."

"Vilken väg skall vi gå då?" frågade Cheblowski. "Norr eller syd?"

"Jag skickade helikoptern åt norr så jag tänkte att vi delar på oss igen. Jag och min grupp använder oss av helikoptern och ni tar hunden och går åt söder." Alla nickade till svars och gick ned till bäcken igen.

Kapitel 13

Mikaela och Lars svängde av på en liten grusväg upp på fjället igen. De hade fått rapporter från två av grupperna att de var på plats, en bil var bakom dem och som skulle postera vid Bodane och en bil var på väg till en post långt uppe på fjället men hade svängt av tidigare så den borde snart vara där. Mikaela körde bilen och Lars skötte radion. De kom upp till en trevägskorsning vid en sjö.

"Är det här du vill att vi skall postera oss, kommissarie Ljunggren? Kom" bilen bakom dem anropade via radion.

"Ja, Det borde bli bra. Det är en mötespunkt för många av grusvägarna som går ned på denna sida. Kom." svarade Lars.

"Ja, det är uppfattat. Klart slut."

Mikaela tog av åt vänster och fortsatte längs en ännu smalare grusväg upp för fjället. De var varmt i bilen och Mikaela kom på sig själv med att sitta och nicka till. Hon vred om ratten från värme till kalluft på fläkten och och sträckte sig i sättet.

"Går det bra?" frågade Lars.

"Ja, jag är lite trött bara. Jag har ju jobbat sen åtta igår morse och vad är hon nu. Nästan tre på morgonen va?" Lars ville inte riktigt titta på klockan utan nickade bara "Ja, något sånt" svarade han. De körde vidare en bra stund. Den sista patrullen rapporterade in att de var på plats.

"Bara vi kvar då" sa Lars. Snart svängde de in på en liten vändplan. Bort i söder kunde de se helikopterns sökljus. I nordost var himlen alldeles röd men än hade solen inte gått upp. De gick ur bilen och luften var sval. Lars stod med bildörren öppen och drog ut bilradions mikrofon.

"Kommissarie Järnhand, kom" Han väntade lite. "Kommissarie Järnhand, kom" Det sprakade till lite.

"Kommissarie Järnhand här" Lars hörde sin gamle kollegas röst tydligt.

"Samtliga poster är nu utposterade. Hur går det för er? Kom"

"Vi har nått ett vägskäl kan man säga. Han har hoppat i en bäck men vi lät helikoptern söka av åt norr samtidigt tar inspektör Cheblowski och går åt syd med hunden och jag tar med min grupp mot norr. Bara ifall om att. Kom" Lars sträckte sig in i bilen och fick tag på kartan som låg på instrumentpanelen. Han fann snart bäcken och såg att den i norrgående riktning borde gå upp mot honom och Mikaela. Mot syd mot de andra posterna i söder.

"Verkar som att vilket håll han än gått mot så borde han gå rakt mot några av oss. Kom."

"Ja, det var tanken det! Slut kom." Jörgen flåsade i radion.

"Ja, det är uppfattat. Klart slut"

Lars hängde in mikrofonen till radion och tog istället ut en mindre bärbar radio och satte den i bältet. Han slog igen dörren till bilen och såg sig om. Tallar och granar omgärdade den lilla vändplanen och den röda himlens ljus gav skogen ett svartvitt intryck men ändå ljust nog att se på den öppna platsen. Mikaela stod några meter framför bilen. Hon höll händerna på k-pisten och stirrade fram mot änden av vändplanen och ut i skogen.

"Vad sa han?" frågade hon utan att vända ansiktet mot honom.

"Han sa att den misstänkte hade hoppat i en bäck och att han antingen var på väg hitåt eller mot söder. Om jag förstod rätt så har de tappat spåret på honom men de får nog snart upp det igen när de kommer till platsen han gick upp ur bäcken." Lars gick fram till Mikaela under tiden de talade och höll upp kartan. Mikaela snegla på kartan och Lars pekade ut bäcken och var de stod.

"Det betyder ju att han kan vara rakt på väg hit?"

"Ja, om han har en karta så håller han nog ut lite från vägarna. De hade skickat upp helikoptern för att se om han gick hitåt men den hade inte funnit nåt. Hunden gick åt söder med inspektören och Jörgen gick med sin grupp hitåt." Mikaela tog kartan ifrån Lars och tittade närmare.

"Om han följer bäcken hitåt så måste han väl nästan gå emellan de två myrarna där var?" Lars tittade närmare och kliade sig på hakan.

"Ja, det hade ju varit lättare än att korsa dem."

"Om vi tar oss lite längre in här borde vi kunna se över den första myren."

Karusemossen där" hon pekade på kartan. "Jag tycker vi framrycker dit och kanske kan vi genskjuta honom vid udden av mossen om han kommer denna vägen."

"Chansen att han kommer hit känns ju mindre. Vi kan titta i alla fall." De satte fart rakt ut genom skogen mot mossen. Det var mestadels hög tallskog och lätt vandrat. Snart såg de mossen breda ut sig framför dem. Det var en långsmal mosse som krökte sig ned åt sydost. Den nordliga spetsen av mossen syntes väl i morgondiset. Lars rapporterade deras flytt till kommissarie Järnhand och sedan spanade de ut över mossen.

Kapitel 14

Gustav kämpade på åt norr. Han hade följt bäcken en bra bit till innan den mynnade ut i en mosse. Han var kall och blöt efter sin vadning i bäcken och tog nu en kort paus där han tog av sig kängorna och tömde ut vattnet. Han tog av sig byxorna och vred ur byxbenen ett och ett för att bli av med så mycket vatten som möjligt innan han tog på sig dem igen. Han bytte strumpor och tog fram ett par plastpåsar som han satte runt fötterna innan han tryckte tillbaka dem i kängorna. De blöta byxorna limmade runt benen men det droppade inte från dem längre. Han hoppades på att få hålla fötterna torra en stund i alla fall. Han passade på och kolla kartan nu när han hade något att gå efter. Han fann genast var han var och såg en väg ut mellan de två myrarna åt norr. En skogsremsa med en höjd på den västra sidan. Han plockade ihop sina saker och hängde de blöta strumporna på tork i spännbanden på ryggsäcken innan han tog på sig den och tog bågen i näven och gav sig av. I nordöst var himlen röd och han visste att solen snart skulle börja kika fram över horisonten. Han nådde kullen på skogsremsan men den var brantare än han trott så han höll till öst om den och gick ned åt myren. Han var trött i benen och ryggsäcken vägde tungt på höfterna och på axlarna. Branten blev bredare och bredare så han väjde nästan utan att tänka på det mer ut åt mossen åt öst. Karusemossen mindes han att det stått på kartan. När solens första strålar träffade de högsta träden märkte Gustav att han svängt så mycket ut från skogen att han kunde se ut över mossen. En illavarslande känsla gick igenom kroppen och han svängde något mot väst uppför en ganska brant backe men ändå fortfarande åt norr. Nu i skydd av skogen igen. Planen var att runda mossen och sedan ta sig mot öst ned genom skogen mot vägarna och civilisationen.

Kapitel 15

"Kommissarie Ljunggren, kom" Det sprakade till i radion. Mikaela och Lars stod där vid mossen och blickade ut. Halvt i dvala, halvt i autopilot. Lars ryckte till och fattade radion.

"Kommissarie Ljunggren här, kom."

"Vi har funnit tydliga spår av gärningsmannen på väg åt ert håll. Ett fot avtryck nere vid bäcken som ser helt färskt ut. Kom" Lars kände igen Jörgen på rösten och kände hur han blev exalterad av nyheten direkt.

"Är han på väg åt norr alltså? Kom"

"Det verkar inte bättre. Jag anropar inspektören och hör med dem om de har funnit något annars väntar vi in dem här så hunden får komma och spåra vidare. Slut kom"

"Det är uppfattat. Alla enheter i norrgående riktning håll er vaksamma. Klart slut" Lars tittade på Mikaela. "Det verkar som att han är på väg hitåt trots allt." Hon nickade till svars. Ett konstigt målmedvetet lugn hade fallit över henne. Snart kom solens första strålar upp och träffade de högsta träden på andra sidan myren. Myggor och knott surrade över våtmarken och fåglar kvittrade i träden. En grupp svalor var mitt uppe i infångandet av sin frukost när Mikaela plötsligen slog till Lars på armen. Han ryckte till och tittade på henne. Mikaela vände snabbt handen och pekade ut över myren samtidigt som hon hukade sig. Lars hukade sig med och fick genast syn på en individ på andra sidan myren. Mannen var nog strax över tvåhundra meter bort, klädd i camouflage och bar en stor ryggsäck. Han la ifrån sig något de inte riktigt hann se vad det var i blåbärssnåret på en liten höjning innan han klättrade upp för den drygt meter höga branten. Väl uppe tog mannen upp saken han lagt ifrån sig. Det var utan tvekan en compundbåge. Mannen såg sig sedan om och fortsatte upp för kullen på andra sidan och in i skogen där han inte syntes mer.

"Det var ju han ju" viskade Lars nästan lite för exalterat. Mikaela nickade nöjt med ett stort flin på ansiktet.

"Vi rör oss upp över ryggen här på vår sida om mossen och sedan mot norr och försöker genskjuta honom så som du förutspått att vi kunde göra." Lars försökte tala lågmält men var nästan för ivrig. De gav sig genast iväg för att försöka genskjuta Gustav på norra sidan av myren. Så fort de kommit över en liten åsrygg anropade Lars Jörgen via radion.

"Kommissarie Järnhand, kom"

"Järnhand här, kom"

"Det är Kommissarie Ljunggren här. Vi har precis siktat den misstänkte på västra sidan om Karusemossen från vår position. Kom"

"Vad bra. Vi har ännu inte fått hit hunden men sätter genast fart åt det hållet ändå. Kom"

"Vi försöker stoppa honom på norrsidan av myren. Skulle du kunna anropa helikoptern så att de kan hjälpa oss? Kom"

"Helikoptern har blivit tvungen att lämna oss för att tanka men är snart här igen. Bar den misstänkte fortfarande vapnet? Kom"

"Ja, det gör han. Kom"

"Ta det lugnt Lars! Ge er nu inte in i en skottstrid med den där. Han skött ju en attackerande hund med en pilbåge. Observera tills vi är närmare så får vi gripa honom ihop. Kom"

"Om vi inte tar honom nu kommer han att glida igenom igen. Vi lägger oss i ett bakhåll. Slut kom."

"Okej då men ta det lugnt bara! Klart slut!"

Därefter fortsatte Lars och Mikaela mot norra sidan av myren.

Kapitel 16

Gustav fortsatte upp för åsen på väg mot norr. Snart gick det utför igen och han började väja något åt öst. Skogen sjöd av liv. Från myren hördes myggornas surrande. Fåglarna kvittrade i de första solstrålarna som sakta letade sig ned längs träden. Hade det inte varit för att Gustav var jagad av poliser så hade denna morgonen varit riktigt behaglig. Han var trött och hade lätt för att glömma vilket läge han faktiskt befann sig i. Han visste att någonstans framför honom måste poliserna ha satt ut patruller eller liknande. Säkert var varenda lite grusväg ned från fjället bevakad vid det här laget. Men han visste att han var tvungen att kämpa vidare. Om han blev tagen på fjället visste han att det var kört. Men om han bara kunde ta sig här ifrån och dyka upp hemma så skulle de inte ha något som kunde binda honom till platsen. Möjligen bilen men den kunde han nog hämta om några dagar. Om det skulle bli några frågor om den så skulle han kunna svara att han varit och vandrat men att han blivit upphämtad längre bort. Det viktigaste var nu att ta sig hem. En trollslända flög framför Gustav och stannade till i luften som en helikopter. Den skiftade i grönt och lila. Den där frihetskänslan kom krypandes igen över Gustav. Han blev upprymd av den och kände hur orken kom tillbaka. Han tog ut stegen och satte fart framåt. Skogen ljusnade framför honom. En tallskog med glest mellan träden och högt till kronorna. Plötsligen hörde han ett ljud framför sig. Ett rådjur kom springandes i full galopp mot honom. En get. Den stoppade till och tittade bakåt innan den fortsatte mot Gustav. Gustav stod nu helt still och spanade ut framför honom. En skymt av två mörka siluetter syntes till på inte mer än fyrtio meters håll. Marken mellan dem lutade svagt upp som en kulle och Gustav dök genast ned på knä. "Poliser" tänkte han. Genast började han hukad att röra sig bakåt. En tät granskog låg bara några meter bakom honom. Det visslade till strax intill honom. Ett fräsande i luften som han kände igen från skyttebana. Sen hörde han smällen. "Där är han! Halt i lagens namn!" en kvinnlig röst skrek högt och gällt genom skogen. Gustav tog till benen och sprang snett bort från poliserna. Precis när han var på väg in mellan de första granarna i en tätning visslade det till igen. Det ryckte till i ryggsäcken så hårt att han nästan tappade balansen. Ryggsäcken trycktes upp mot en av granarna och verkade fastna. Gustav knäppte snabbt av sig spännena och gled ur axelbanden. Med endast bågen i handen rusade han in i den täta granskogen. "Fan!" tänkte han. Några meter in snavade han men kom lika snabbt på fötter igen och fortsatte mot norr. "Det är lönlöst att fly! Stopp i lagens namn!" en manlig mörk röst ropade ut bakom honom. Men han fortsatte att springa. Han kom igenom tätningen och kom ut i mer blandad skog. En liten kulle höjde sig framför honom. Han sprang uppför kullen. Det värkte i benen när han nådde toppen men axlarna kändes lättare nu utan ryggsäcken. Gustav pustade ut och fortsatte ned på andra sidan. Han hörde hur det brakade till inne i tätningen nedanför kullen samtidigt som han rusade ned från toppen. Han fortsatte. En idé kom till. "Göm dig" tänkte han när han rusade mot nästa kulle.

Kapitel 17

"Vad fan tänkte du! Du kan inte bara börja skjuta sådär!" Lars stirrade irriterat Mikaela.

"Han var ju på väg att fly!" hon ryckte på axlarna. De båda stod framför Gustavs ryggsäck som halvt hängde, halvt lutade mot en gran precis där de såg honom rusa in. En kula hade träffat ryggsäcken i sidan och dragit med sig halva packningen ut på andra sidan. Lars tittade lite närmare och såg att ett spritkök hade dragit med sig det mesta av grejerna ut och att tyget hade briserat längsmed ryggsäckens vänstra sida. De hörde hur Gustav sprang igenom skogen längre in. Mikaela tittade på Lars och nickade in mot skogen.

"Ska vi följa efter eller låta han komma undan?"

"Vi följer på!" Lars fick en beslutsam min och höjde pistolen och började sedan rusa in i skogen. Mikaela var tätt efter. När de kom ut i öppningen på andra sidan såg de upp mot en kulle. Lars väntade in Mikaela som halkat lite efter mellan de täta granarna. Han pekade med hela handen upp mot kullen samtidigt som han flämtade.

"Där ser du att någon har sprungit" Han pekade på jord som rasta ned när någon tagit sig upp för en liten kant. Sedan höjde Lars radion till munnen.

"Vi har sett den misstänkte och har skjutit varningsskott. Han flydde och är nu på väg mot norr. Vi följer efter"

"Helvete Lars! Avvakta" Lars kände igen Jörgens röst men stoppade ned radion igen som om han inte hört. Mikaela hade redan börjat ta sig upp för kullen. Lars följde på och var snart ikapp assistenten. De hjälptes åt att komma över krönet och fortsatte ned i en liten dalgång med ny kullar längsmed sidorna. Här var skogen trolsk och marken var mjuk av mossa. Mossan hade börjat växa upp för stammarna på de gamla träden och skägglav hängde från grenarna. Både Lars och Mikaela med vapnen i händerna.

Kapitel 18

Gustav sprang genom en trolsk gammelskog omgärdad av små kullar. Han visste att poliserna var efter honom. Han kände hur orken började ta slut. "Göm dig" tänkte han igen. Han sneddade upp på en av kullarna och fann där en sten som låg nära krönet på kullen. Han gömde sig där bakom och fällde ned ansiktsskyddet på kepsen. Han la an en pil på strängen. Från gömstället hade han bra utsikt över hållet han kommit ifrån. Han var helt klädd i kamouflage. "Jag måste stoppa dem annars kommer de komma ikapp mig" tänkte han. Gustav hörde sitt hjärta dunka så hårt och snabbt att han började oroa sig för att poliserna skulle höra rytmen av hjärtslagen när de passerade. En gren knäcktes längre bort i riktningen Gustav kommit ifrån. En tryckande tystnad följde. Snart såg Gustav en lång blond polisman komma halv joggandes genom skogen. Han var klädd i uniform med skottsäker väst. Mannens polishatt satt rakt på huvudet och han höll bägge händerna om sin pistol. Gustav spände bågen. Han hörde hur en polis till närmade sig bakom den första mannen. En ung kvinnlig polis med mörkt hår hängande i en stram fläta ned för ryggen under hjälmen. Även hon bar skottsäker väst men hade en k-pist i händerna. Den manliga polisen ryckte till och spände blicken i Gustav och började rikta pistolen mot honom. "Där är han!" ropade polisen.

Gustav handlade instinktivt när han sänkte siktet till polisens ben och släppte iväg pilen. Gustav såg hur pistolens mynning närmade sig honom men plötsligen ryckte polisen till och släppte pistolen och föll ned med händerna mot vaden. "Ahhh!" skrek polisen. Gustav vände blicken mot den kvinnliga polisen som verkade ha svårt att lokalisera honom. Snabbt som tusan slängde han sig över krönet på kullen och började rulla ned för slänten på andra sidan. Det ven till i luften över honom och det skvätte jord från toppen av kullen. K-pisten smattrade på andra sidan kullen när Gustav kom på fötter och började springa för livet. Kullen skyddade honom och han nådde snart en tät björkdungen.

Kapitel 19

Rekylen av MP5an kändes bekant i den obehagliga situationen hon nu befann sig i. Mikaela sköt tre korta salvor mot kullen som hon såg den kamouflageklädde mannen slänga sig över. Han hade varit svår att upptäcka men hon hade tydligt sett hur en pil träffat sin kollega och mentor i vaden. Mikaela rusade fram mot kommissarien fortfarande med blicken fäst mot den låga mossklädda kullen framför dem. Vapnet riktat mot dess topp. Mördaren kanske bara laddade om. Ett ögonblicks ouppmärksamhet och han kunde komma över kullen och sätta en pil i henne med. Lars andades snabbt och genom munnen med putande läppar. Han hade fått tag på sin pistol igen som han tappat när han föll. Mikaelas blick föll instinktivt ned på Lars vad där pilen hade gått igenom och satt sig i marken bakom. Benet hade en onaturlig böjning bakåt och hålet på baksidan av byxbenet var stort och täckt med blod. Hon svalde klumpen i halsen och blickade upp mot krönet igen. Hon grep tag i Lars krage bakifrån samtidigt som hon siktade med MP5an mot krönet som Gustav försvunnit över. Hon försökte sedan dra med sig kommissarien bakåt. Hon slet allt vad hon orkade men den tidigare piketpolisen var för tung för henne. Plötsligen släppte de och han började glida bakåt. Hon såg ned och märkte att Lars hjälpte till med sitt friska ben. Även han riktade pistolen mot kullen. Det kändes som om hon släpade på honom i en evighet innan hon till slut fick in honom bakom en enbuske.

Än hade de inte sagt något till varandra. Mikaela drog fram sin kniv och sprättade upp Lars byxben ända upp till knät. Pilen hade träffat benpipan och knäckt benet innan det hade gått vidare och bladen hade fälts ut och gjort ett stort utgångshål i mitten av vadmuskeln. Det rann blod ur såret men pumpade i alla fall inte. Mikaela letade fram sitt första förband och börja sedan rota i Lars vänstra benficka.
"Fan!" sa Lars med sammanbitna läppar. "Jag använde det på Holm." Mikaela började leta på sig och började kavla upp ena ärmen på uniformen. Hon tog sedan kniven och skar ett litet hål i underställströjans ärm vid armbågen och ryckte av ärmen.

"Den får duga så länge" sa hon med sammanbiten min. Hon tog tag i benet för att börja lägga om det. Lars skrek till av smärta sedan buntade hon ihop ärmen och tryckte den in i utgångshålet och satte den lilla tillhörande vadden till förbandet mot ingångshålet och började veva in allt med förbandet.

"Hur går det där borta?" Det sprakade till i radion. "Vi hörde skott lossning! Kom in Lars. Kom" Jörgens stämma kändes som från en annan tid. Lars stönade till när han sträckte sig efter radion i bältet.

"Lars här!" Han andades medans Mikaela fokuserade på att binda ihop hans ben. "Han la sig i bakhåll för oss den saten. Jag är skjuten. Assistent Blom håller på att lägga om mig nu."

"Var är ni? Kom" täckningen var dålig på radion så det sprakade rejält när Jörgen la på.

"Vet inte riktigt" sa Lars som nu hade ändrat färg. Mikaela slog precis färdigt knuten och sträckte sig upp och tog radion ifrån Lars.

"Jag har förbundit kommissarien men han har förlorat mycket blod och han har ett öppet benbrott. Vi är norr om Karusemossen. Ge mig ett ögonblick så skall jag försöka ge er en mer exakt position. Jägaren flydde mot norr efter att han skjutit kommissarien. Jag sköt mot honom men tror att jag missade. Jag har inte kunnat bekräfta det än. Kom" Mikaela sträckte sig efter en av Lars bröstfickor och tog ut hans karta därifrån.

"Vadå inte kunnat bekräfta det? Kom"

"Han gömde sig bakom en kulle när jag sköt mot honom. Jag tror han hann undan innan jag hann skjuta. Kom" Hon la ifrån sig radion och vecklade ut kartan. Hon letade upp mossen och följde den väg hon torde sig att de följt efter Gustav. Hon fann en plats på kartan som borde stämma överens med deras position, en plats mellan några kullar strax nord öst om mossen. Till hennes glädje såg hon en liten grusväg som var markerad inte långt ifrån platsen de var på.

"Assistent Blom här igen. Har kommissarie Järnhand en karta lättillgängligt? Kom" ropade hon ut i radion. Det dröjde något.

"Ja, nu har jag det. Kom."

"Om du följer Karusemossens spets norr ut mot en liten kulle sedan drar du den något mot nordost så precis innan du kommer fram till grusvägen så har du en svacka inne mellan några kullar. Där är vi. Tror jag i alla fall. Kom" Mikaela tittade på Lars som nu stirrade rakt upp i luften. Choken hade kommit och han var inte helt lätt att få kontakt med när Mikaela vinkade mot honom.

"Jag tror jag har er position. Jag har anropat ambulanshelikopter och vanlig ambulans. Vi kommer genom skogen. Håll ut någon kommer snart."

Kapitel 20

Skogen öppnade sig framför Gustav. Han hade precis undkommit kulorna från den kvinnliga polisen med flätan. Därefter hade han rusat igenom skogen och över en kulle. Händerna skakade på honom och han mådde illa igen. "Fan, jag tappade ju väskan" sa han lågt till sig själv. Han övervägde om de borde kunna använda den som bevis mot honom. "Troligtvis" tänkte han med tanken på fingeravtryck och dna inne i den. Han slog sig för pannan. Gustav rörde sig vidare mot öppningen i skogen. En grusväg visade sig och han övervägde om han vågade följa den. Han tog fram kartan ur byxfickan och kollade samtidigt som han gick ned till vägen var han var. "Där någonstans borde jag var" tänkte han och satte ena pekfingret på kartan. Pilbågen fungerade bra som stöd för kartan. Gustav hoppade vigt över diket och gick upp på vägen. Han såg sig om och lyssnade. "Kvinnan borde ha slutat jaga mig och tagit tag i sin skadade kamrat vid det här laget. En liten bit går nog att gå på vägen. Bara så att jag får upp lite avstånd" Hans tankar var målinriktade. "Bara jag tar mig ned från fjället så löser sig nog allt. Jag får resa norrut och skaffa mig ett svartjobb på något skogsbolag eller nåt. Bara jag tar mig här ifrån." Han började jogga ned längsmed grusvägen. Det var skönt att ha platt underlag att röra sig på men samtidigt kände sig Gustav konstant iakttagen och såg sig bakåt och framåt. Ibland stannade han upp och lyssnade innan han fortsatte. Han sprang i mitten av vägen där det växte en smal rand av ogräs. Det var tystare så än att springa i gruset. Han rundade en kurva. Solens ljus hade klättrat ned för stammarna och träffade nu även marken. Värmen från solstrålarna gjorde honom snabbt trött. Avsaknaden av mat och sömn gjorde sig påminda när adrenalinnivån sjönk.

Han stannade till. Något rörde sig framför honom. Två ljuspunkter rörde sig långt inne i skogen. Ljudet av bilar närmade sig. "Fan, Jag har följt vägen för länge" tänkte han samtidigt som han rusade av vägen åt vänster. Mot norr. Tröttheten försvann lika fort som han förstod vad som var på väg. Gustav sprang upp för en liten kulle och gömde sig under en gran. Han gjorde i ordning bågen och rättade till camouflagekläderna. Snart kom där två bilar. Först en polisbil följt av en ambulans. De höll rätt hög fart för att vara på en grusväg men Gustav förstod genast att de var på väg till polisen han sköt. "Bra, hoppas han överlever så de inte har ett mord till att anklaga mig för" tänkte han. Bilarna passerade utan att märka av Gustav och försvann snart upp för fjället. Gustav vågade inte fortsätta följa vägen utan gav sig vidare mot nordostlig riktning in i skogen. Han tog upp kartan igen och räknade ut var han befann sig. Han hade redan börjat nedgången från fjället men snart skulle det bli brantare. De flesta passagerna ned var längsmed grusvägar men de var nog troligtvis bevakade vid det här laget tänkte Gustav. Han såg en annan möjlighet när han mer noggrant letade på kartan. Karolinerleden låg inte längre bort än femhundra meter. "Kanske bevakade inte poliserna den. Värt ett försök" tänkte Gustav. Han tog ut stegen rakt åt norr mot leden. Gustav var tvungen att gå igenom en myr för att nå leden. Solen värmde när han passerade genom den öppna ytan. Svärmar av myggor svävade som kluster över sina ställen på myren. Han nådde fram till leden och började följa den åt öst. Leden var väl trampad och ledde i kringelkrokar ned från fjället. Här och där var det lerigt men det gick i alla fall snabbare än att gå i skogen. Det dröjde inte länge fören det började luta nedåt rätt rejält. Det öppnade sig mellan träden och långt där borta såg han hur solen glittrade i Vänern. Mellan sjön och fjället låg en bred remsa av skog och åkermark. Mitt på remsan såg han ett större samhälle. "Mellerud" tänkte han och fortsatte gå.

Kapitel 21

"Markera ut platsen på gps-enheten" sa Jörgen till hundföraren. Gustavs ryggsäck stod halvt lutande mot ett träd. Hundföraren Isaksson från Cheblowskis grupp hade hunnit upp med kommissarie Järnhand strax efter att Lars blivit skjuten tillsammans med en annan polis. Resten av Cheblowskis grupp hade letat sig ned till en av posterna söder över. När hundföraren nåt Jörgens grupp hade de därefter lagt flera kilometer bakom sig när de följt efter den misstänkte. Isaksson nickade till svars samtidigt som han knappade in något på gps-enheten. Han såg mot ryggsäcken som stod där halvt i sönder skjuten med mycket av innandömet uttryckt. Hunden hade funnit ryggsäcken och skällt på den.

"Vi måste närma oss nu" sa Jörgen. "Det måste vara här de först sköt mot den lilla snorvalpen."

"Ja, hunden verkar vilja fortsätta in i skogen mot nord öst" sa Isaksson. Jörgen signalerade att de skulle fortsätta med en handrörelse. Igenom en tätting och över en kulle ned i en trolsk skog.

Mikaela hörde någon närma sig. Det kom från samma riktning som hon och Lars hade kommit ifrån. Hon hade lagt upp Lars ben på en nedfallen trädstam. Lars var fortfarande vaken men yrade mest. Mikaela lyfte radion och anropade Jörgen.

"Kommissarie Järnhand, kom" sa hon och hörde hur det sprakade till längre bort.

"Kommissarie Järnhand här. Kom" Hon hörde honom även utan radion

"Vi ligger bara liten bit längre fram. Jag hör dig även utan radion. Kom."

"Ja, det är uppfattat. Jag hör dig med. Kom." Mikaela reste sig och såg snart Kommissarien och hans grupp. Hon vinkade på dem och de satte fart mot henne. En av piketpoliserna gick genast fram till Lars och kollade över förbandet och började undersöka honom. Jörgen gick fram till Mikaela.

"Ja, hur gick det till här då?" frågade han utan omsvep.

"Vi framryckte i samma riktning som ni gjorde. Jag hamnade lite på efterkälken och när vi var ungefär där borta så blev kommissarie Ljunggren skjuten. Det tog mig ett litet tag att lokalisera skytten som satt uppe i kullen där borta." Mikaela tog ett par steg bort och visade kullen. "Jag sköt mot honom men han hann nog över krönet. Sedan släpade jag med mig kommissarien hit i skydd och la om honom." Jörgen nickade.

"Så vi behöver bara utgå ifrån krönet på kullen där för att fortsätta?" Jörgen pekade på kullen som skytten suttit i.

"Ja, är ambulansen på väg än?"

"De borde vara här närsomhelst" Jörgen gav en order till Isaksson och några andra av poliserna att söka runt kullen så att den misstänkte inte ligger där borta och förbereda att fortsätta på eftersöket därifrån. Sedan vände han sig till piketpolisen som undersökte Lars.

"Hur är det med honom?"

"Han verkar stabil men han är i chock. Han bör föras till sjukhus genast." Det sprakade till i radion och Jörgen blev anropad av poliserna som eskorterade ambulansen. De rapporterade att de var på platsen de blivit skickade till. Jörgen skickade två av sina män att möta upp dem och snart var Lars upplagd på en bår redo att föras ut ur skogen. Jörgen beordrade Mikaela att följa med de två andra poliserna till ambulansen. Hon skulle följa med till sjukhuset som eskort. Jörgen var på väg att gå mot hundföraren med resten av sin grupp när Lars grep tag i armen på honom. Ambulanspersonalen och poliserna som bar båren stoppade till. Jörgen mötte Lars blick.

"Se för i helvete till att fånga denna jäveln!" sa Lars med en blick av stål. Jörgen nickade med en bister min och la handen på sin väns hand.

Kapitel 22

Gustav såg hur det öppnade sig längre fram på stigen. Han hade gått i över en timme på Karolinerleden. Leden kom nu fram till en grusväg. Han hade gjort många kilometer under den senaste timmen. Bitvis hade leden gått in på grusvägar och bitvis hade den gått igenom skogen. Den hade slingrat sig ned från fjället och stundvis hade utsikten varit milsvid. Han stannade till och kollade kartan. Här ifrån skulle leden följa en grusväg som nog skulle övergå till asfalt hela vägen ned till samhället Dals Rostock. Det bet till i kroppen på honom. Han kände att det nog inte var ett bra val att komma inströvlande i byn rakt ut från leden medans han fortfarande är jagad. Han synade kartan och såg att han parallellt följde en större väg. Bara en kulle emellan honom och vägen. Cirka en och en halv kilometer i obanad terräng. Gustav var trött men något slog honom att det borde vara bättre att hoppa på en buss eller något där istället för inne i byn. Han borde i alla fall kunna hålla sig mer gömd intill en enslig busshållplats än att knalla igenom ett helt samhälle vid sex tiden på morgonen. Dessutom behövde han göra sig av med bågen och klä om sig något. Han fattade beslutet att försöka ta sig genom skogen ned mot vägen. Intill honom låg en kulle som låg mellan honom och vägen. Han började genast att klättra upp för den branta kullen. Hans ben värkte och han kände hur energin sinade. Men ändå var det något betryggande i att klättra uppåt igen. Bort från alltihopa. På toppen av kullen kom mörka berghällar upp ur marken. Utsikten var storslagen. Gustav passade på när han ändå hade en överblick att ta upp kartan ännu en gång. Sidan av kullen han stod på var täkt av skog men nedanför gick en mindre väg och bortanför den låg ett litet fält. På andra sidan fältet låg den större vägen. Han såg på kartan att det borde gå en bäck igenom fältet som skall vara omgärdat av grönområde. Gustav spanade ned mot fältet och såg att så var fallet. Några hus låg intill vägen där nere. "Då borde det finnas en busshållplats" tänkte Gustav. "Bara att hoppas att bussen hinner komma innan poliserna hinner ikapp mig. Om de fortfarande följer mig."

Han gav sig vidare ned genom skogen med en sista blick på utsikten. Värmen steg hela tiden. Halvvägs ned på kullen såg han ett tätt snår med enbuskar. Han kände vikten av bågen i handen och stirrade på den. Sedan torkade han av den och pilarna med en handske och gömde den under enarna. En obehaglig känsla spred sig i honom. Bågen som hållit poliserna borta men som även var vapnet som han begått sitt grövsta brott med. Han lämnade den bakom sig och fortsatte ned för kullen. Skogen sluttade rakt ned i diket på en liten asfaltsväg. Gustav såg vart bäcken lede men var ganska långt ifrån den där han kom ned. Han valde att gå i kanten av skogen på kullen tills han var närmare innan han gick hela vägen ned och hoppade över diket. Snabbt som en iller ilade han över vägen och ned i den smala skogsremsan som lede snett över fältet. Kanterna på skogen var täta men nere i svackan vid bäcken var skogen mer öppen. Lövskog med inslag av både ek och ask. Bäcken porlade fram men det var ändå tydligt att det var lite vatten i den mot vad det brukar. Gustav började följa bäcken mot andra sidan av fältet. När han närmade sig vägen hörde han tydligt en bil svischa förbi. Han kollade igenom sig själv. Byxorna var leriga upp till knät så han rullade upp dem som om de vore shorts. Kepsens stoppade han i byxfickan. Jackan var av vändbar typ med ett rött tyg som var tänkt att gå att använda som hundförarjacka eller till drevkarlar så han vände den in i och ut. I en stillastående pöl kollade han sin spegelbild. "Nästan som en fleece" tänkte han. Kniven la han i bröstfickan på jackan och så sköljde han av sig i ansiktet och tvättade händerna i vattnet. Han kliade sig i håret och kollade sig i spegelbilden i vattnet när det lugnat sig igen. Där stod han med en röd fleece och upprullade camouflagebyxor med vandringskängor under. "Jag ser ut som en bondlurk men inte som en gerilla soldat iallafall" sa Gustav lite lågt till sig själv. Han gick närmare vägen. Precis vid husen var det en busshållplats med ett litet skjul i plåt. En sån där hållplats där de boende runt omkring själva byggt sitt väderskydd. "Perfekt!" tänkte han och rusade upp till hållplatsen och gick in i skjulet. Några bilar passerade och varje gång sneglade Gustav ut för att se om det var en buss. Efter fem minuter kom till slut en buss. Den gick mot söder och hade texten Vänersborg 700. Gustav gjorde sig synlig i god tid och bussen stannade. Han fick upp sin plånbok och letade upp ett gammalt busskort han hade haft liggandes sedan sist tur till Göteborg. Busschauffören var en lång smal man som snart borde närma sig sextioårs åldern. Han hade glasögon och en vit mustasch. En vit skjorta under en marinblå pullover.

"Godmorgon" sa busschauffören.

"Godmorgon" svarade Gustav snabbt samtidigt som han blippade sitt kort på maskinen. Han gav sig genast av längst bak i bussen. Bussen började åka redan innan han hunnit sätta sig. Bussen var av den modellen med en toalett längst bak och bara två säten intill. Gustav tryckte in sig där i de två trängsta sätena. Snart stannade bussen och plockade upp fler passagerare. Gustav vaggades in i bussens rytm och tröttheten gjorde sig påmind. Det var varmt i bussen och sorlet av passagerarna längre fram kändes välkomnande.

Gustav vaknade till. Han hörde hur det klampade. Han var yr och desorienterad. Han satt i bussen och sträckte på sig. Han hann att se toppen av en polishjälm innan han instinktivt duckade ned i sätet igen. Paniken spred sig. Han hade svårt att tänka. "Upp med händerna" den grova mansrösten bröt lätt på något östeuropeiskt språk. Gustav tappade andan. Mannen dök upp snett över sätet framför Gustav. Han var lång och bredaxlad. Polisen riktade sin k-pist mot Gustav som genast höjde händerna. Lika snabbt låg han sedan på golvet i bussen. Ansiktet tryckt emot det hårda plastgolvet. Händerna blev hopbuntade på ryggen och han hade den stora polisens knä omilt i ryggen. Poliserna röt åt honom men han hörde inte vad de sa. Gustav var lamslagen och det ända han kunde tänka på var sin familj. Hur skulle de ta det som hänt. Hur skulle de se på honom under alla polisförhör och hur skulle deras blickar genomborra honom under rättegångar. Men så släppte oron han blundade hårt och tänkte tillbaka på sin tid i skogen. Innan allt det här. När det bara var han och Cesar. Han kände sig genast lugnare samtidigt som poliserna bar ut honom ur bussen.

Slut

Om författaren

Dennis Ljungqvist är född och uppvuxen i Kungshamn på västkusten. Han arbetar som målare i ett företag som ägts av släkten i fem generationer. Redan i unga år var Dennis intresserad av sagor och historia som ledde honom till ett brinnande intresse för rollspel. Som barn började Dennis dessutom som scout genom friluftsfrämjandets aktiviteter. De båda hobbyerna har sedan dess genomströmmat varandra och resulterat i allt från lajv till lumpen och jägarexamen. Ett intresse för kampsport började spira i övre tonåren och efter korta karriärer inom kendo och boxning fann Dennis genom lajvhobbyn sitt kall i historisk fäktning(HEMA). I skrivande stund är Dennis världens högst rankade långsvärdsfäktare med tävlingsvinster i bagaget från bland annat Las Vegas, Houston, Amsterdam, och många andra städer runt om i världen.

Dennis började jaga år 2010 och har sedan dess kommit in i gemenskapen i den lokala jakten. Han skaffade sig sin första hund, en laika vid namn Djingis, 2011 och har efter det mestadels jagat som hundförare. Dennis är idag en van friluftsman och åker på vandringar några gånger per år ihop med hunden. Mer om Dennis friluftsäventyr och jakt går att läsa på hans blogg Äventyr i Blodet. Där finns även filmer från hans vandringar och andra äventyr i Sverige och Norge. Han är även aktuell som en av deltagarna i SvT's TV program "Nedsläckt Land" som börjar sändas den 18 februari 2019.

"Rovdjuret på Kroppefjäll" är Dennis andra bok efter fantasyromanen "Tyrian" som publicerades via BoD förlag 2018 som handlar om en ung man som ger sig ut på äventyr i riket Bodaland. Tyrian är inspirerad av folksagans berättarkonst och består att femton separata berättelser som tillsammans skildrar Tyrians liv.

www.aventyriblodet.se

Om Illustratören

Alessia Brusco kommer från norra Italien och tog filosofie kandidatexamen i medeltid litteratur samt deltog i några kurser i skandinaviska litteratur på Genova Universitetet. Sedan några år tillbaka är hon bosatt i Skåne där hon arbetar som konstnär. Alessia är självlärd och hennes verk är inspirerad av skandinaviska natur och folktro.

Alessia visar hennes konst på nätet under det digital projekt kallad "Skogens Rymd Art" Mer av hennes verk ser du på hennes hemsida eller Instagramkonot:

skogens-rymd.webnode.com

Instagram: skogens.rymd.art